Maike Wetzel
Schwebende Brücken

Roman

Schöffling & Co.

Die Arbeit der Autorin an dem Manuskript wurde gefördert durch die Akademie der Künste aus Mitteln der Beauftragten der Bundesregierung für Kultur und Medien im Rahmen von NEUSTART KULTUR

NEU
START
KULTUR

Erste Auflage 2023

Satz: Fotosatz Amann, Memmingen
Druck & Bindung: Pustet, Regensburg
ISBN 978-3-89561-288-6

www.maikewetzel.de
www.schoeffling.de

Manches, was auf diesen Seiten zur Sprache kommt, hat sich auf diese oder jene Weise ereignet. Die Personen und Geschehnisse sind jedoch nicht mit der Wirklichkeit gleichzusetzen.

Es gibt keinen Schrei, kein Glucksen. Nur eine karierte Picknickdecke. Und zwei Kinder in meinen Armen. Ich bin still. Aber nicht ruhig. Über uns der graue Himmel, unter uns das Gras. Ich fühle meine Haut erblassen, wächsern werden, kalt. Die Kinder geben keinen Laut von sich. Der eineinhalbjährige Theo bewegt sich kaum. Hannes, der vor einem Monat sieben Jahre alt geworden ist, hat aufgehört, mir Fragen zu stellen. Ich sitze auf der karierten Picknickdecke, zwei Kinder in meinen Armen, und starre auf den See. Es ist mitten im Sommer und die Blütenpollen taumeln wie Schneeflocken vom Himmel herab. So weiß wie Schnee, so rot wie die Wangen der tobenden Kinder, so schwarz wie die Krähen in den Bäumen. Kein Spiegel und auch kein Mensch spricht zu mir. Mein Blick fällt auf das Getränk in meinem Schoß. Ich erinnere mich, dass es wichtig ist, etwas zu trinken. Ich biete den Kindern die Apfelsaftschorle an. Sie wollen nichts. Umständlich schraube ich die Plastikflasche auf und nehme einen Schluck. Die Kohlensäure-Bläschen platzen an meinem Gaumen, das Gemisch aus Apfelsaft und Wasser schmeckt säuerlich-süß. Meine Geschmacksnerven filtern vor allem die Säure heraus.

Am ersten Jahrestag deiner Beerdigung besuchen wir in Irland eine Nutztierschau. Ich sage den Kindern nicht, um welchen Tag es sich handelt. Ich will nicht daran denken und ich will nicht, dass sie sich daran erinnern, wie ihr Vater unter die Erde kam. Wir laufen über eine große, unglaublich grüne Wiese, umgeben von Weiden und mit einigen abgesteckten Gattern darauf. Riesige Traktoren, Gummistiefelwetter. Ein kleiner Junge steht hinter einem Esel. Dieser keilt aus. Das Kind fliegt auf den Boden. Es weint. Truthähne stolzieren umher. Sie sehen aus, als wären sie von einem verrückten Puppenmacher gebaut worden. Mit ihren hässlichen, baumelnden Hautlappen unter dem Schnabel, dem übertrieben buschigen Gefieder unter dem kahlen, stoppeligen Hals. Plötzlich bemerke ich meine Gänsehaut. Hast du die Haare an meinem Unterarm aufgestellt? Was bist du jetzt? Ein Gespenst? Eine Erinnerung? Rauschst du in den Adern, in den Gedanken deiner Kinder? Steigst du wie Rauch zum Himmel auf? Wo bist du? Bist du in den sanften Augen der Kühe, im Huf des Esels? Bist du ein Moor-Pony? Klein, zottelig und unbeugsam? Oder sitzt du da hinten im Damensattel auf dem hohen Ross und schaust mich durch den Trauerflor unter deinem Zylinder an? Musterst du mich durch die Augen dieser irischen Reiterin und fragst dich, was aus mir geworden ist?

Bis heute grübele ich immer wieder, warum du gestorben bist. Ich weiß, dass es ein Unglück war, dennoch suche ich nach Verbindungen, nach einem Faden, der mich führt, der mir Anfang und Ende verrät und mich gleichzeitig vor dem Monster flüchten lässt, damit das Labyrinth unserer Geschichte, dieser steinerne Irrgarten, mir nicht zum Verhängnis wird. Ich suche nach dem rettenden Faden, den ich entrolle auf dem Weg zum Ochsengesicht. Ein Knäuel, das abnimmt in meiner Hand und sich nicht verknotet. Ich suche nach dem Monster, ich will ihm ins Auge sehen. Behaupte ich. Bin ich diejenige, die den Faden spinnt, oder bin ich am Ende das Ungeheuer? Was unterscheidet Ariadne vom Minotaurus? Was trennt Orpheus von Eurydike? Die Rollen in den antiken Geschichten scheinen starr, während meine, deine, unsere Rollen flottieren, schwebende Brücken auf dem Wasser sind. Unsere gesamte Existenz fußt auf Fiktion. Auf Verbindungen, Scharnieren, die wir bauen, um Sinn zu schaffen, wo keiner ist. Wir wollten uns halten, stützen und kickten einander doch immer wieder die Beine unter dem Körper weg. Sich verlieben, verzeihen, verlieren. Die Perspektive springt. Von mir zu dir. Alles hängt davon ab, wo du stehst. Ich bin hier. Du bist dort. Ich weiß nicht, wo dieser Ort ist. Doch ich weiß, ich erkläre es mir immer wieder, dass dein Körper jetzt unter einem Haufen Erde liegt und ich hasse diesen Hügel. Ich hasse die Vorstellung davon, wie du verwest. Wie deine Haut zerfällt, wie dein Fleisch sich auflöst, wie deine Knochen zerfallen. Ich weiß, du bist nicht dort unten. Du bist hier. Du stehst vor dem Wandmosaik an der Bücherei. Ich beäuge dich aus der Bibliothek heraus. So, wie ich dich zum ersten Mal sah. Drei Kinder dichtete ich dir damals an, ohne ein Wort mit dir gewechselt zu haben. Ich machte mir ein Bild von dir. Lang, bevor ich mit dir sprach. Denn nur ich sah dich. Du blicktest mich nicht an. Und ich wagte mich nur kurz hervor, stand wortlos vor dir, bat dich um Feuer, zog mich mit der Flamme in meiner Hand wieder hinter das Glas der Fensterscharte zurück. In der Lesenische kritzelte ich eckige Worte auf meinen Block. Als ich aufschaute, warst du fort. Ich rauche nicht. Das Wasser in dem flachen, hellblauen Becken vor der Bibliothek glitzert. Jemand hat eine Münze hineingeworfen. Es ist nicht der Kopf, der nach oben zeigt.

Wie gewöhnlich dieser Sonntag im Juni ist, wie friedlich, wie unzerstörbar, geradezu langweilig. Die Sonne ist nicht zu sehen, der Himmel ist milchig, bedeckt. Die Blütenpollen taumeln wie Schneeflocken von ihm herab. Erst weiß, dann rot, dann schwarz. Als ich morgens verschlafen, mit meiner Zahnbürste in der Hand zum Badehaus trotte, komme ich an der Elterngruppe vorbei, die mit ihren Grundschulkindern seit gestern an der Kreuzung campiert. Ein hochgewachsener Mann mit Vollbart schenkt dort an den Biertischen Kaffee aus. Ich erkenne ihn. Ich habe den Schauspieler in verschiedenen Rollen im Kino und im Fernsehen gesehen. Aufgeregt wie ein Teenager kehre ich zum Wohnwagen zurück und berichte, wie bereit ich bin, Rolle und Mensch zu verwechseln. Ich foppe dich mit meiner Schwärmerei. Du grinst gutmütig und sagst: »Ich vertraue auf deine Feigheit.« Sagst du das wirklich? Ich habe es jedenfalls gehört. Dein Bruder kneift skeptisch die Augen zusammen. Vielleicht ist ihm auch einfach die Sonne zu hell. Ihr habt lang geredet in der Nacht und seid gerade erst aufgestanden. Ich versuche weiter, dich zu provozieren, indem ich beteuere, wie beeindruckend, wie begeisternd stark und ausladend das breite Kreuz des ehemaligen Leistungsschwimmers sei. Als meine Worte keine Wirkung zeigen, schnappe ich mir demonstrativ unseren jüngsten Sohn und verkünde, dass ich nun zum Schaulaufen auf den Badesteg gehen werde, um den Schauspieler dort mit Hilfe von Theo zu verzaubern. Du lächelst nachsichtig und lässt mich ziehen. Es ist kurz vor Mittag. Manche Familien sitzen noch beim Frühstück, diejenigen mit sehr kleinen Kindern bereiten schon das Mittagessen vor. Die Zelte, Wohnmobile und Wohnwagen stehen inmitten eines lichten Kiefernwalds am Ufer des Sees, dessen Wasser so klar, so frisch, so verführerisch ist. Selbst an diesem eher kühlen Tag würde ich gern hineinspringen. Auf dem Steg läuft unser Sohn vor mir auf seinen kurzen Beinen, er steuert direkt auf den grinsenden Schauspieler und dessen Frau zu. Das Paar steht eng umschlungen. Ich behalte alle drei im Blick. Unser Sohn wankt breitbeinig wie ein Seemann an Land. Vielleicht ist es seine Ungeübtheit, vielleicht einfach eine Unebenheit in den Planken des Stegs, jedenfalls stolpert Theo plötzlich. Instinktiv schnellt mein Arm vor und zerrt das Kind kurz vor der Kante zurück. »Gute Reflexe«, lobt mich der Schauspieler und diese kurze

Ansprache reicht, um mich einsehen zu lassen, dass er ein Mensch und keine Geschichte ist. Trotzdem erzähle ich dir kurz darauf stolz von diesem Kompliment. »Tun Sie doch nicht so. Sie wissen doch Bescheid. Sie sind doch *präpariert*. Und ich – ich *separiere* mich jetzt. Halten Sie an.« So schnippisch und spröde spricht die spätere Geliebte in einem seiner Filme zu dem Schauspieler und er schaut in dieser Szene bloß leicht irritiert vom Lenkrad des Trabis herüber. In dieser Rolle liebt er die Frau trotz ihrer abweisenden Art. Dennoch, so meine ich mich zu erinnern, hilft er ihr später, in den Westen zu flüchten. Damit wird er die Geliebte gehen lassen, sie sogar selbst auf die ungewisse Reise schicken. Mich hat das zu Tränen gerührt. »Gute Reflexe«, wiederhole ich stolz, als ich an unserem Wohnwagen ankomme. Ich schmücke die Szene auf dem Steg etwas aus, lasse Theo durch die Luft segeln, fast das Wasser streifen. »Gute Reflexe! Die hat nicht jeder!« Die Furchen auf der Stirn deines Bruders werden tiefer, als ich meine ausdrückliche Begeisterung für den fremden Mann auf dem Steg, den ich als den Helden aus dem Film wahrnehmen will, höhere und höhere Volten schlagen lasse. Ich schildere Theos Sturz so, als hätte ich unser Kind beinahe meinem Begehren geopfert. Ich spiele mit dem Feuer. Du lächelst nur still und lässt dich nicht von mir erregen. Eifersucht gehört nicht zu deinen Anfälligkeiten. Es ist Sonntag. Der ganze Tag liegt vor uns, ein Leben. Am Vorabend waren wir mit deiner Familie essen. Wir haben deine Eltern für einige Nächte in einen Gasthof in der Nähe eingeladen. Dein Bruder campiert im Zelt vor unserem Wohnwagen. Nach dem Frühstück will unser Ältester mit dir auf den See hinaus. Er bettelt und drängt. Du sagst: »Warte, bis wir zurück sind.« Unser Sohn versucht, dich umzustimmen. Doch du willst zuerst allein mit deinem Bruder segeln. Der Himmel scheint etwas grau. Am Ufer weht ein leichter Wind. Die Bäume rauschen.

Du bist müde, du willst endlich heimkehren, nicht mehr in der Ferne schuften, hast du eine Woche vor deinem Tod am Telefon zu mir gesagt. Du arbeitetest in einer anderen Stadt. Ich sog scharf die Luft ein und sagte nicht: »Reiß dich am Riemen.« Aber vermutlich war das die Botschaft, die in meiner Stimme mitschwang, als ich beschloss, das Gespräch an dieser Stelle abzubrechen. In jenem Moment glaubte ich, ich sei selbst müde, unendlich erschöpft. Inzwischen habe ich erfahren, was wirkliche Erschöpfung ist. Wenn du Angst hast, dass du beim nächsten Schritt zusammenbrichst. Weil das Schwarz wie Erdöl deine Augen füllt und dein Gesicht eine spitze Hasenmaske ist. Mit großen Ohren, die alles Ungesagte hören. Die Welt ist voller Zeichen, seitdem du nicht mehr in ihr bist. Der grimmige Gesichtsausdruck der Busfahrerin, die vermeintliche Schärfe im Ton ihrer nur an mich gerichteten Durchsage: »Bitte durchgehen. Bewegung! Da ist noch Platz.« Ich komme nicht voran. Ich stecke fest. Ich werfe mich gegen eine Wand aus Menschen und pralle ab an dieser daunengefütterten, nach Schweiß und Streusalz riechenden Wand. Beim Putzen stieß ich vor einiger Zeit deine Taufkerze um, die neben den Büchern im Regal stand. Sie zerbrach in zwei Teile. An beiden Enden ragen nun spitze Zacken empor. Es war unmöglich, die Kerze zu kitten. Das Erhitzen des Wachses jedenfalls reichte nicht. Du warst noch am Leben, als das geschah. Ich vertuschte den Bruch vor dir. Als du starbst, warf ich die Reste der Kerze weg. Jetzt meine ich, das Vorzeichen zu erkennen. Die Kerze stand für dein Leben. Sie zerbrach. Alles fügte sich zum Verhängnis zusammen. Ich habe ungeschriebene Gesetze missachtet und deinen Tod damit herbeigehext. Mein Aberglaube ist plötzlich stärker als mein Verstand. Und dein tatsächliches Ende spukt durch meine Tage. Das Wasser des Sees rauscht und blubbert in meinen Ohren. So präsent, so eng verkettet mit allem, was ich sehe, fühle, denke, dass ich die Doppelbelichtung meiner Augenblicke gar nicht bemerke. Ich sehe den Schatten nicht, weil er immer da ist. Er fällt mir erst auf, als er erlischt. Da sind bereits mehr als zwei Jahre vergangen. Vielleicht war es auch ein Zeichen, dass du deinen Geburtstag, zwei Wochen vor deinem Tod, nicht mehr groß gefeiert hast, sondern stattdessen eine fremde Gartenparty mit uns kapertest. Du, der nie um einen Grund für eine aufwändige Feier verlegen warst. Du hast deinen letzten Geburtstag nicht mehr gefeiert. Hattest du da schon aufgegeben? Hast du es da schon gewusst? Ärgerlich klatsche ich mir selbst gegen die Wangen. Blödsinnige, magische Gedanken. Dann erinnere ich mich an die Taube, diese unwahrscheinliche Taube. In einer Astschlinge hatte sie sich selbst erdrosselt. Ich habe sie nicht gesehen, doch du schworst, es sei wahr. Sie sei da gewesen, die ganze Zeit, während meiner letzten Schwangerschaft. Ihr verwesender Kadaver hing in dieser Astschlinge, direkt vor unserem Balkon, einige Meter von unserem Geländer entfernt in der Baumkrone. Jeden Tag lehnte ich an dem Geländer, während mein Bauch wuchs und wuchs, ich das Kind darin jeden Tag mehr spürte. Es war ein ruhiges, kräftiges Kind. Es trat nur gelegentlich, dann aber entschlossen. Ich freute mich darauf, dieses Kind kennenzulernen. Ich sprach ihm zu, während ich die Witterung prüfte. Dazu streckte ich den Handteller in Richtung der Taube, um eventuellen Niederschlag zu spüren. Den Kadaver bemerkte ich nicht. Dabei war er vor mir in luftiger Höhe drapiert wie die Hinrichtungsopfer im Mittelalter. Ich aber sah nur den Himmel: langgestreckte Wolkenbänder, dahinter das Firmament. Erst grau, dann blau, schließlich weiß. Den Bahnhof und die Zugtrasse in der Ferne, den Dampf aus den

Schornsteinen, die Kräne und Hochhäuser. Ich blickte nach vorn. Die tote Taube bemerkte ich nicht. Du hattest sie da schon lang entdeckt. Jeden Tag befürchtetest du, dass ich sie sehen würde. Stumm sahst du zu, wie ich auf den Balkon trat, meine Nase in die Luft reckte, um frische Luft und Sonne zu tanken. Ich suchte Ruhe. Doch du begannst plötzlich zu fegen, fegtest mich förmlich vom Balkon. Ärgerlich zog ich mich in die Wohnung zurück. Ich ahnte nicht, wieso du zum Besen griffst. Unwillkürlich blendete ich die tote Taube aus. Die Brennweite meiner Augen war zu lang eingestellt. Obwohl ich die Leiche nun schon über so viele Wochen hinweg nicht bemerkt hatte, fürchtetest du, dass ich irgendwann die kahlen Zweige des Baums nicht mehr in der Unschärfe verschwinden lassen würde. Du glaubtest, die tote Taube werde mich aufregen und diese Erregung dem ungeboren Kind schaden. Du wolltest mir den Anblick ersparen. Heimlich warfst du mit einem Stein nach dem Kadaver und versuchtest, ihn so zu beseitigen, damit die Leiche endlich nach unten stürzte. Stattdessen fiel der Stein acht Stockwerke tief auf den asphaltierten Weg vor unserem Haus. Du kamst nicht auf die Idee, dass unter unserem Balkon jemand ausgerechnet in diesem Moment vorbeigehen könnte. Eine der vielen weißgelockten Nachbarinnen, die ihren

Trolley zum Einkaufszentrum zogen. Ihren »Hackenporsche« hättest du den Rollkoffer in deinem üblichen Jargon genannt. Deine Berliner Schnauze war antrainiert, mit solchen Sprüchen markiertest du den Heiteren, Unverwüstlichen – deine Paraderolle. Doch es war niemand bei dir auf dem Balkon, als du den Stein warfst. Du verfehltest die Taube. Der Stein prallte ungebremst auf den Asphalt. Wie durch ein Wunder verletzte er niemanden. Der Tierkadaver baumelte weiter in der Astschlinge. Der Hals der Taube streckte sich lang und länger, ihr Gefieder wurde struppiger, ihr Körper zerfledderte. Irgendwann war sie plötzlich verschwunden. Vielleicht war es ein Windstoß, vielleicht sogar ein Sturm, vielleicht lag es allein an der Verwesung. Ihr Körper löste sich auf, verschwand, pulverisierte. Wahrscheinlich stürzte das, was von der Taube übrig war, in die Tiefe. Ich nehme an, der Hausmeister kehrte ihre Überreste weg und warf sie in die Mülltonne. Das Kind in meinem Bauch kam auf die Welt. Die Krankenschwestern schoben es gleich auf die Intensivstation. Ich wurde angewiesen, das zu tun, was nach den Strapazen der Geburt nötig war, mir jedoch unmöglich schien. Schlafen. Ruhen. Mich erfrischen. Kräfte sammeln, um das Bündel Mensch zu betten, wenn die Kabel und Schläuche gelöst würden. Der

Säugling und ich feierten Weihnachten im Krankenhaus. Seine Krankenhaus-Wiege stand neben meinem Bett. Hinter den Gitterstäben schlummerte er friedlich und ich studierte sein Gesicht. Ich versuchte, mir seine Züge einzuprägen. Es war ein stilles Fest mit einem Kirschkern-Kissen und einem gelben Schlafsack als Werbe-Geschenk von der Klinik. An Silvester waren wir schon wieder zu Hause. Als du stirbst, ist unser Jüngster, Theo, gerade achtzehn Monate alt. Er hält sich für unbesiegbar. Er lacht, wenn er die Augen öffnet. Er brüllt, wenn seine Wünsche nicht erfüllt werden. Von einem Augenblick auf den nächsten bricht er in Tränen aus. Verblüfft starren sein Bruder und ich ihn an. Wir kennen so ein Weinen nicht. Wie ist das möglich? Die Tränen spritzen Theo aus den Augenwinkeln. Ich wische sie weg und nehme ihn in den Arm. Immer noch perplex über seinen Ausbruch. Er schmiegt sich an mich, beruhigt sich, richtet seinen Blick wieder nach außen. Er ist zwei Jahre alt, als er mich fragt, warum die junge Frau am Nebentisch traurig sei. Ich habe nur gesehen, dass eine fröhliche Geburtstagrunde dort Platz genommen hat. Weiter achte ich nicht auf den Nachbartisch. Ich bin zu beschäftigt damit, das stockende Gespräch zwischen deinen Eltern und Hannes zu moderieren. Deine Eltern sind allein mit dem Auto zu uns nach Berlin gefahren, doch am Stadtrand fiel ihnen auf, dass sie unsere Adresse nicht finden konnten und dass auch das Portemonnaie deines Vaters verschwunden war. Er hat es wahrscheinlich an einer Tankstelle liegengelassen. Die Gedächtnislücken machten sich schon lange vor deinem Tod bemerkbar. Doch dein Tod hat das Gedächtnis deiner Eltern vollends durchlöchert. Manche Informationen verschwinden darin und tauchen nie wieder auf. »Warum ist die Frau traurig?«, fragt mich Theo erneut und ich schaue mich endlich um. Auf den ersten Blick sehe ich nur die fröhlich Feiernden, erst dann bemerke ich, dass eine junge Frau die Ausgelassenheit nur mimt. »Was ist mit ihr los?« Theo lässt nicht locker. Ich entgegne, »Ich weiß es nicht.« Der Großvater der Kinder will uns gerade einladen. Er zückt seine Karte, doch dann erinnert er sich nicht mehr an die Geheimzahl. Geplauder, um von der Peinlichkeit abzulenken, hilft jetzt nicht mehr. Hannes muss zum fünften Mal beantworten, in welcher Klassenstufe er ist. »Oma, das hast du mich gerade schon mal gefragt«, bemerkt er. Sie lächelt und Hannes ist derjenige, der verwirrt aussieht. Verwirrt und ungläubig. Wollen sie ihn aufziehen? Oder ist er so unwichtig, dass sie sofort vergessen, was er ihnen sagt? Hannes will seine Großeltern nicht verletzen, doch er begreift nicht, dass ihr Bewusstsein eigene Wege geht, Wege, auf denen er ihnen nicht folgen kann. Auch Theo in meinem Arm ist empfindsam wie ein Seismograf. Unsere Söhne sind wunderbar. Und gerade deshalb pocht nach deinem Tod in meinem Hinterkopf die Frage: Ob dieser zweite Junge, ob diese Wette mit dem Schicksal, eine zu viel war? Quid pro quo. Diese fixe Vorstellung, dass wir beide vielleicht zu viel verlangt haben von einer Instanz, die niemand kennt. Ein Leben geben, ein anderes nehmen. Meine Brille ist zerkratzt. Sie bricht das Licht nicht mehr an den richtigen Stellen. Da sind plötzlich Schlieren, Schatten, Gespenster. Quid pro quo. Du liegst neben mir im Bett. Deine vollen Lippen, dieser Teppich aus Haar, deine Schlupflider. Ich streiche über die zarte Haut eines Siebenjährigen.

Dieser Sonntag im Juni ist etwas kühl, wenig sommerlich. Die Sonne ist nicht zu sehen, der Himmel weißlich-grau. Blütenpollen taumeln wie Schneeflocken herab. Kaum jemand springt vom Badesteg in das dunkle Wasser des Sees. Ich liege auf einer karierten Picknickdecke und stille unseren jüngsten Sohn. Die Wiese am Ufer ist beinahe leer. Ich stütze mich auf der Seite ab, während ich auf den See hinausblicke. Ich schaue zu, wie du mit deinem Bruder die Faltjolle zu Wasser lässt. Du hast dir das Boot zu deinem Geburtstag im vergangenen Jahr gewünscht. Gebraucht hast du es von einem Mann im Oderbruch erstanden. Gemeinsam mit Hannes hast du es abgeholt und aufgebaut. Eigentlich handelt es sich um ein Paddelboot, genauer gesagt ein DDR-Faltboot, Marke Delphin, doch es besitzt einen zusätzlichen Mastaufbau. Du besteigst die Jolle, du setzt die Segel und fährst davon. Ohne dich zu verabschieden. Der Wind greift in die Segel. Dein Bruder und du saust mit dem Boot über den See, verschwindet bald am Horizont. Ich liege mit dem Kleinen auf der Picknickdecke am Ufer und stille ihn. Er saugt und saugt. Ich stütze mich auf dem Ellbogen auf, um auf das Wasser hinauszuschauen. Das Boot ist nicht mehr auszumachen. Das Segel ist verschwunden. Ich halte das Kind so, dass es besser nuckeln kann. In der Hoffnung, es schlafe dabei ein.

Ich weine zu wenig. Ich kann nicht weinen. Ich weiß, es würde mich erleichtern, doch ich will keine Befreiung. Ich will den Kampf. Ich hasse es, vor anderen zu weinen. Du bist immer der Tränenreiche von uns beiden gewesen und mehr als einmal habe ich mich von deinen Tränen erpresst gefühlt. Ich weine nur, wenn ich allein bin und wenn es zeitlich passt. Die Kinder müssen weg sein. Es darf keinen Termin, kein Gespräch, keinen angekündigten Anruf im Lauf der nächsten Stunde geben. Wenn ich die Kinder zur Schule und in den Kindergarten gebracht habe, wenn ich weiß, jetzt, in der Frühe, habe ich eine Stunde für mich, dann strömen die Tränen manchmal schon beim Aufschließen der Haustür. Ich stolpere halbblind in den Aufzug, ertaste oben das Fahrradschloss, bugsiere mich durch die Feuertüren des Dachgeschosses, an den Graffitis vorbei, dem besudelten Beton, steige einen Treppenabsatz tiefer, schließe unsere Wohnungstür auf, sinke aufs Sofa und schluchze. Ich bin leise dabei, damit auch die Nachbarn mich nicht hören. Wenn ich weine, dann ist es mir so unangenehm vor mir selbst, dass ich sofort etwas Anderes tun muss, um mich abzulenken. Also putze ich die Wohnung. Ich wische Staub und sehe durch den Tränenfilm kaum, ob ich tatsächlich Dreck entferne. Ich schniefe, meine Augen, meine Nase, alles läuft, schwillt an, schwillt zu, wird überschwemmt von Tränen. Wimmern. Ich will mich selbst nicht sehen, nichts fühlen, während ich weine. Ich konzentriere mich auf den Lappen in meiner Hand. Ich drücke ihn fest auf die Regalbretter und wienere das Furnier. Ich schaffe nicht mal drei Etagen Bücher, dann ist das Weinen vorbei. Ich halte meinen Kopf unter den Wasserhahn, kühle meine Augenlider. Die verlaufene Mascara malt mir schwarze Pandaaugen. Mit feuchter Watte wische ich sie ab. Ich bin überzeugt, jeder müsse sehen, dass ich geweint habe. Doch niemand spricht mich auf die Röte meiner Augen an oder gibt auf andere Art zu verstehen, dass ich jammervoll aussehe. Wahrscheinlich ist das jetzt einfach die Rolle, die von mir erwartet wird. Trauer, Abgrund, Elend und Pein. Einige Tage nach deinem Tod, als ich mich noch weigere, daran zu glauben, treffe ich meinen langjährigsten Freund zum Mittagessen in der Nachbarschaft. Wir kennen uns aus dem Kreißsaal, scherzen wir manchmal, und es ist nur halb gelogen. An diesem Tag ist es warm draußen, wir sitzen auf dem Bürgersteig, uns gegenüber liegt das

Amtsgericht. Während wir dort sitzen und auf unser nepalesisches Curry warten, dabei die Sonne genießen, die frische Luft, strömen viele Menschen, darunter vermutlich viele Kläger und Beklagte, Verteidiger und Staatsanwälte, Richter, Justizbeamte an uns vorüber. Doch es ist Sommer, alles ist leicht. Niemand sollte sich vor Gericht streiten, niemand sollte trauern. Das fühle ich wohl für einen Augenblick. Mein Freund erzählt einen Witz und ich lache schallend. Aus tiefster Brust und mit Nachdruck lache ich. Ich schüttele mich vor Lachen, japse nach Luft. In diesem Moment läuft ein Nachbar, der zusammen mit dir Hunderte von Tulpen auf dem Mittelstreifen unserer Straße pflanzte, vorbei. Er nickt grüßend, sein Gesicht ist ausdruckslos. Kein Argwohn oder Tadel spricht aus seinem Blick, dennoch verstumme ich sofort. Das Lachen bleibt mir in der Kehle stecken, erstirbt. Ich sehe mich mit den Augen dieses Nachbarn. Die lustige Witwe. Fröhlich, unbeschwert, mit einem anderen Mann beim Mittagessen, genießt sie ihr Leben, während dein Leichnam noch nicht einmal gefunden ist. Ich weiß bis heute nicht, ob das die Gedanken dieses Nachbarn sind. Es sind meine Gedanken. Selbst im Schockzustand betrachte ich mich mit den Augen der anderen, beäuge mich, strenger als jeder zufällige Passant.

Dieser Sonntag im Juni ist wenig sommerlich, der Himmel ist weißlich-grau. Mit deinem Bruder fährst du auf den See hinaus. Hinaus auf das grüne, tiefe Wasser. Ich mache mir keine Sorgen. Es ist ein harmloser Badesee, kein Meer, kein Ozean. Ihr seid beide erfahrene Segler. Ihr könnt schwimmen. Ganze Trauben von Kindern planschen hier allein oder paddeln mit ihren Schlauchbooten, mit Luftmatratzen weit auf den See hinaus. Auf all den Tretbooten, all den Kanus trägt niemand eine Rettungsweste. Wir besitzen nur eine einzige, für unseren Siebenjährigen. Ihr seid in T-Shirts aufgebrochen. Du hast noch deinen weißen Strohhut aufgesetzt. Am Ufer weht mir eine leichte Brise die Haare in die Stirn. Ein sanfter Wind, so denke ich, kein Sturm. Ich bin verstimmt, weil ich wieder die Kinder hüte und so an Land festgebunden bin. Ich kann nicht mal schwimmen gehen. Wieder werde ich am See gewesen sein, ohne das Wasser auch nur berührt zu haben. Der Kleine, Theo, will nicht schlafen. Ich lege ihn auf die karierte Picknickdecke. Es sind erst ein paar Minuten vergangen, seitdem ihr aufgebrochen seid. Unser Ältester,

Hannes, wird unruhig. Er läuft auf den Steg, späht in die Ferne und ruft dann: »Mama! Sie sind gekentert.« Ich nehme den Kleinen auf den Arm, laufe zu ihm und sehe: nichts. Niemand sieht etwas. Ich frage Hannes, wie er auf die Idee kommt, es könnte etwas passiert sein. Er sagt: »Das Segel ist weg.« Vor uns liegt der große, langgestreckte See mit einer Insel, direkt vor uns, fast am anderen Ufer. »Mach dir keine Sorgen. Es ist nichts passiert. Das Boot ist wohl hinter der Insel verschwunden«, sage ich. Doch Hannes beruhigt sich nicht. Unruhig rennt er von einem Ende des Stegs zum anderen, hält dabei Ausschau nach einem Umriss am Horizont. Er versucht, das Faltboot auszumachen. Die Jolle ist nicht zu sehen. Nach einer Weile werden auch andere Camper auf uns aufmerksam. Der Schauspieler, seine Familie und andere Eltern stellen sich neben uns auf dem Steg. »Es ist nichts. Was soll denn schon passiert sein?« Die Kinder und ich spähen auf das Wasser. Ich halte beide nah bei mir. Den Körper des Jüngsten an mich gedrückt, die Hand des Älteren fest umschlungen. Minuten verstreichen, die wie Stunden sind. Innerlich spule ich alle Möglichkeiten durch, spule vor und zurück, verhake mich am Ende, springe zum Anfang zurück.

Wäre es nicht viel schöner, eine Geschichte zu erzählen, eine Anekdote über einen Mann und eine Frau, und sie in den Alpen anzusiedeln? Im kitschig-satten Südtirol auf einer Alm, die nur zu Fuß oder per Geländetaxi zu erreichen ist. Tannenwald, steile Hänge, schneebedeckte Gipfel in der Ferne und auf einer Lichtung ein schlichtes, altes Haus mit strengem Flachdach und hölzerner Veranda mit Blick ins Tal. Die reduzierte Formsprache aus den Zwanzigern. Schnörkellos, zeitlos gealtert. Daneben ein riesiger Bottich, gefüllt mit eiskaltem Wasser. Tausend kleine Nadeln prickelten auf der Haut nach dem Eintauchen. Kein Fernseher, nicht einmal Mobilfunkempfang. Ruhe, Stille und schöngeistige Gäste. Klopfen wir uns auf die Schultern und sagen wir uns: Dieser Ort ist einmalig. Exzeptionell. Superb. So wie ihn die Freunde des Paares, so wie ihn diverse Architektur- und Designzeitschriften angepriesen haben. Ein ausgesuchter Ort für Menschen wie das anreisende Paar, die Klarheit suchten in der Form. Das aufgeräumte Äußere sollte ins Innere überführt werden. Die Linienführung der Möbel sollte Frieden stiften in ihren vibrierenden Seelen. Im Speisesaal plauderten schon ein Verleger und die Krankengymnastin des Mannes auf den bäuerlich anmutenden Stühlen mit den ausgeschnitzten Herzen in der Rücklehne. Das Paar erschrak: Vielleicht war der Geheimtipp längst ein eingetragener Verein? Der Club der schönen Geister? Das Zimmer war beruhigend leer. Ein Bett, zwei Stühle, ein Tisch. Es gab nur ein Gemeinschaftsbad. Neben ihrem Bett stand ein weißer mit Wasser gefüllter Krug in einer ebenfalls schlichten Keramikschüssel auf einem hölzernen Pult. Der Mann jauchzte. Er fühlte sich in eine frühere, bessere Zeit zurückversetzt. Die Frau blieb reserviert. Sie hoffte nicht zum ersten Mal, dass sein Enthusiasmus sie anstecken würde. Sie hatte Höhenangst und verstand den Reiz der Berge nicht. Beim Wandern in der Gruppe, die er rasch um sie scharte, war sie immer als Erste am Gipfelkreuz, weil sie die Sache schnell hinter sich bringen wollte. Die Berge waren nichts als Hindernisse. Sie verstellten den Blick, sie engten ein, drohten mit Steinschlag oder Absturz. Berge waren schaurige Zacken. Die Frau beobachtete verblüfft, wie der rosige Mann, diese pralle, prahlende, gutmütige Mimose, selbst hier in der scheinbaren Einsamkeit Menschen fischte. Gleich am ersten Tag versammelte er eine Schar neuer bester Freunde um sich und war erstaunt, wenn sein Gegenüber nicht sofort mit ihm in den kalten Bottich springen wollte. Die gemeinsam eingenommenen Mahlzeiten waren für ihn Gelegenheit, seine Witze quer durch den Saal zu rufen, Getränke zu stiften, Hochprozentiges. Freude, Freunde, Freunde überall. Die Frau dagegen sparte aus Überzeugung an allem. Beschränkung war seit Jahrzehnten das Geheimrezept ihrer Familie. Die eine Seite bestrafte sich damit für die begangenen Sünden und die andere Seite hatte im Lager erfahren, dass sich nur durch Anspruchslosigkeit weitere Besitznahme vermeiden ließ. Ein Großvater der Frau war so eilig in Hitlers Partei eingetreten, dass seine Mitgliedsnummer dreistellig war, während der andere als Jugendlicher Flugblätter gegen genau diese Partei gedruckt und verteilt hatte. Beiden war das nicht gut bekommen. Trotz ihrer unterschiedlichen Überzeugungen wählten sie denselben Ausweg – der eine aus innerer und der andere aus äußerer Haft: Sie versagten sich jegliche Bedürfnisse. Die Frau glaubte ebenfalls an die reinigende Kraft der Askese. Gleichzeitig erfreute sie sich an Stärkendem und Schönem, das ihr allerdings in den Schoß fallen musste. Es war ihr unmöglich, es sich selbst zu gönnen. Umso mehr gefiel ihr die Großzügigkeit des Mannes, sein Humor und wie er sich anderen Menschen öffnete.

Er offerierte ihnen sofort seine Kontaktdaten, die Gästecouch und Stadtrundfahrten. In Berlin standen in ihrer gemeinsamen Wohnung bald die Gäste aus aller Welt Schlange. Alle wurden sie von ihm bewirtet und mit fachkundigen Erklärungen durch die Stadt kutschiert, in die er schon vor dem Mauerfall gezogen war. Der Mann war eine Großstadt-Pflanze mit Wurzeln in der Provinz. Er zeigte sich gern als ein Bilderbuch-Wessi, der die östlichen Stadtbezirke scheute. Einer, der grün wählte und dennoch ein Auto einer schwedischen Marke fuhr, das viel Dreck aus dem Auspuff stieß und noch dazu mehr an Reparaturen verschlang, als es wert war. Im Gespräch legte der Mann treuherzig alle Karten auf den Tisch, anscheinend behielt er nie etwas für sich. Geheimniskrämerei war ihm fremd, während sie aus allem ein Geheimnis machte. Sie hielt Bügeln für Zeitverschwendung, während er sogar die Bettwäsche mangelte. Sein Äußeres, die äußere Form der Dinge in seiner Umgebung aber waren ihm deswegen so wichtig, weil das Beharren auf dieses Stilbewusstsein sein zartes, zu verbergendes Innere schützte. Das, was da puddingweich wackelte, befestigte. Auf der Urlaubs-Alm war der Mann in seinem Element. Gutes Essen, gediegene Gesellschaft. Das Treppenhaus roch nach Kaminfeuer und Kernseife. Die Frau lag erkältet in dem hellen Eckzimmer mit Blick ins Tal. Ihr Gesicht war beinahe so weiß wie die gekalkte Wand, nur ihre Nase leuchtete rot, ihr Haar stand feucht und wirr in alle Richtungen. Sie schwitzte und schniefte, nippte am Zwiebelsud mit Honig, der später ebenso auf der Rechnung auftauchte wie das weich gekochte Ei, das der Mann anstelle der hartgekochten auf dem Buffet verlangte. Das Paar, das hier auf der Alm Ferien machte, hätte über solche Kleinigkeiten hinwegsehen sollen, doch hatten sie sich diesen Urlaub trotz der Realität ihres Kontostands gegönnt, und deshalb ärgerten sie weich gekochte Eier auf der Rechnung. Dennoch würden sie immer wieder verreisen, um verschiedenen Nöten zu entfliehen. In dem weiß gekachelten Pensionszimmer aber litt die Frau recht ausführlich. Ihr Kopf schmerzte, sie konnte kaum atmen. Mehr noch als die Krankheit bedrückte sie, dass sie ihre kostbare Urlaubszeit untätig im Bett vergeudete. Sie wollte so schnell wie möglich genesen und zweifelte gleichzeitig daran, dass es ihr je wieder besser gehen würde. Sie fühlte sich scheußlich und versuchte, sich mit Lesen abzulenken. Der Mann leistete ihr Gesellschaft. Beide starrten in ihre Bücher. Auf den Dielen neben dem Bett lag zerknülltes Klopapier, in das die Frau sich anstelle von Taschentüchern schnäuzte. Das Paar schwieg. Papier raschelte, fremde Schritte auf dem Gang, knarzende Dielen. Unvermittelt erhob der Mann seine Stimme. Er besaß einen vollen Bass, der jedoch in seiner ganzen Tiefe nur im Chor oder bei geschäftlichen Telefonaten zum Einsatz kam. Im Alltag klang seine Stimme hell, jungenhaft. Die Frau mochte ihren Klang und horchte auf, obwohl sie sich über die Unterbrechung ärgerte. Der Mann heftete seine Augen auf das Buch in seiner Hand und las ihr etwas daraus vor: »Lebe mit mir. Ich meine es ernst. Heirate mich.« Die Frau runzelte ihre Stirn. Innerlich schrieb sie diese geliehenen Sätze auf Butterbrotpapier und betrachtete dann den Durchschlag, das, was bei ihr hängen blieb. Sie konnte die Bedeutung nicht entziffern. Innerlich zerknüllte sie das Papier und schmiss es weg. Sie grinste schief. Sie wusste, dass eine gemeinsame Freundin das Buch verfasst hatte, aus dem der Mann zitierte. Vielleicht spielte er darauf an? Sie bemerkte leichthin: »Lustig. Ob Siggi ihr so einen Antrag gemacht hat?« Sie meinte den Mann der befreundeten Schriftstellerin. Der Mann kannte Siggi länger als die Frau und die Frau war wiederum schon viel länger mit dessen Frau befreundet. Tatsächlich hatten Siggi und seine Frau auch erwogen, die beiden zu verkuppeln. Doch der Mann war ihnen zu katholisch erschienen. Deswegen hatten sie ihn aussortiert. Beinahe wären der Mann und die Frau sich schon einmal in Rom begegnet, als sie dort beide das befreundete Paar besuchten. Doch sie verpassten sich um einige Tage. Auf verschlungenen Wegen hatten sie sich trotzdem kennengelernt in der Hauptstadt, deren innere Zirkel seltsam dörflich waren. Aber vielleicht erschufen sie sich auch selbst die kleinstädtischen Strukturen, denn diese waren beiden vertraut. Die Gedanken der Frau waren abgeschweift. Sie griff wieder zu ihrem Buch. Doch da hörte die Frau, dass der Mann, der nun neben ihr im Bett lagerte, seufzte. Er seufzte tief. Sein vom Alkoholgenuss und einer Hautkrankheit gerötetes Gesicht fing an aufzuglühen, seine Schlupflider flatterten. Trotzig wiederholte er: »Heirate mich!« Irritiert blickte sie erneut von ihrem Buch auf, griff zur Klopapierrolle, riss ein paar Streifen ab und schnäuzte sich. Da wurde er deutlicher: »Hast du's nicht verstanden?« Sie krauste die Stirn. Er ächzte, stieß dann hervor: »Das war ein Heiratsantrag.« Erstaunt riss sie die Augen auf. Doch hauptsächlich fühlte sie sich angegriffen. Brüsk erklärte sie ihm: »So geht das nicht. Das waren nicht mal deine Worte. Du hast sie dir bloß ausgeliehen.« Nun war es an ihm, beleidigt zu sein. »Ist das deine Antwort?« Sie dachte nach. Viel zu lange überlegte sie. Und dann stellte sie auch noch Bedingungen. Zuallererst bestand sie darauf, die aus ihrer Sicht misslungene Szene noch einmal zu wiederholen. Am nächsten Tag standen sie unter Tannen an einem Wasserfall. Eine Landschaftstapete mit einer steilen Bergwand. Die Frau war wieder wohlauf und frisch geschminkt. Den Kniefall verweigerte er ihr. Den hätte sie auch erniedrigend gefunden. Später lachten sie darüber, dass die Frau selbst bei ihrem eigenen Heiratsantrag Regie führen musste und der Mann, der Redselige, sich ausgerechnet für diesen knappen Text fremde Worte geliehen hatte. Sie lachten manchmal auch über die zweite Bedingung, die unerfüllt blieb. Sie lachten, weil dieses ewig mitschwingende Lachen vielleicht ihre größte gemeinsame Errungenschaft war. Es half ihnen zusammenzubleiben, auch wenn so vieles nicht zu lösen war. Fern von den zackigen Alpengipfeln, in einem Scheibenhochhaus über den Dächern der Stadt, die unter ihnen brummte und summte, so wie die Wörter, der dauerhafte Spott und all die Witze, die zwischen ihnen hin und her flogen und von denen der Frau später nicht ein einziger mehr einfallen wollte.

Ich halte die Kinder an der Hand. Wir stehen auf dem Badesteg und suchen am Horizont nach deinem Boot. Der Himmel ist bedeckt, das Weiß der Wolken verschmilzt mit dem schimmernden Grau. Ein paar Jungs bespritzen einander im seichten Wasser, sie kreischen vergnügt. Ein Paar lässt ein Kanu zu Wasser. Neben uns stehen andere Camper, Familien. Mit einigen sind wir durch den Campingplatz bekannt, andere kenne ich flüchtig aus der Stadt. Alle Menschen in meiner Umgebung sind mir fremd in diesem Moment. Mir ist sehr bewusst, dass auch der Schauspieler mit seiner Familie unter denen ist, die mit uns zusammen auf den See hinausspähen. Heiß brennt jetzt das schlechte Gewissen hinter meinem Brustbein, die Erinnerung daran, dass ich dich so unnötig gereizt, mich so aufgeplustert habe. Gleichzeitig ahne ich, wie sinnlos und klein mein Bedauern ist. Und dass ich nicht tilgen kann, was geschehen ist. Wir stehen auf dem Steg, wir überwachen den Horizont. Ich kann kein Segel entdecken. Ich sehe auch kein anderes Boot, das eurem ähnelt. Zu Hannes sage ich: »Alles ist gut. Mach dir keine Sorgen.

Sie liegen bestimmt hinter der Insel oder sie sind drüben an Land gegangen.« Seine Lippen sind dünn. Er presst sie aufeinander, sagt nichts. Ich sehe, dass er Angst hat. Ich möchte ihn beruhigen und ärgere mich gleichzeitig darüber, dass es mir nicht gelingt. Der Film, in dem mir der Schauspieler so gut gefiel, spielt in einer fiktionalisierten DDR. In diesem Film steht der Schauspieler, der gerade mit seiner Familie neben uns auf dem Badesteg steht, schließlich an der Ostsee. Er schaut auf das Meer hinaus, wo die Geliebte in einem Neoprenanzug mit den Wellen kämpft. Irgendwann dreht er sich um und geht in sein altes, nun von ihr verlassenes Leben zurück. So spielt sich die Szene in meinem Kopf ab. In dem Film überlässt die Geliebte einem jungen Mädchen das Schlauchboot. Sie kehrt zu dem Schauspieler zurück. Ganz ähnliche Fluchtversuche spielten sich nur wenige hundert Kilometer nördlich des Oberuckersees, an der Ostseeküste der DDR, ab. Tatsache ist, dass etliche, die dort über das Meer zu flüchten versuchten, ertranken.

Unsere Zeit fließt nicht mehr, seitdem du verschwunden bist. Der Zeiger hängt. Die Sekunden, Minuten, Stunden, Tage, Wochen, Monate stauen sich dahinter. Zu einer großen Mauer. Zu einem Riesengebirge, das ich weder übersehen noch überwinden kann. Ich sitze in einer seifigen Blase und kann nicht hinaus. Es gibt nur jetzt und nichts davor und danach. Deine Zeit fließt nicht mehr, du hast aufgehört, in der Zeit zu sein. Deshalb bin auch ich außerhalb der Zeit, gefangen. Wie hat es sich angefühlt, als ich mich in der Zeit bewegte? Als die Zeit ein langer Strahl war, der unter unseren Füßen immer weiter in die Zukunft wuchs? Habe ich Pläne geschmiedet und mir ausgemalt, wie wir gemeinsam in dieser oder jener Stadt, an irgendeinem Meer, irgendeinem Fluss essen, lachen, schlafen würden? Ich kann mich kaum mehr erinnern. Da pocht nur etwas in mir, die unbestimmte Erinnerung an dieses sichere Gefühl, das Vertrauen in eine fortschreitende Chronologie. Früher lehnten wir uns in die Zeit, warfen uns in sie, als wäre sie eine große Welle und wir besäßen ein Surfbrett und die Kraft, um sie zu reiten. Jetzt hänge ich fest. Ich weiß nicht mehr, wie ich Worte formen soll, ich versteinere innerlich. Selbst die bereits eingeschenkte Tasse Tee gleitet mir aus den Händen. Ein feuchter Fleck auf meiner Hose, Brennen auf meiner Haut. Doch da sind Freunde, Familie – Menschen, die an uns herantreten. Sie schubsen mich sanft voran. Erstellen Listen mit abzuwickelnden Dingen, sie telefonieren mit den Campingplatzbesitzern für mich, sie verkaufen den Wohnwagen, verschenken das Boot, sie schleppen Kisten, Akten, Möbel, kaufen ein, beschenken uns. Und ich kreisele in ihrer Mitte um mein leeres Zentrum, finde Halt nicht mal in der Erinnerung, weil auch die neblig ist. Die Schwaden werden immer dichter, je tiefer ich in sie vordringe. Wann habe ich dich gebeten, die Patientenverfügung zu unterzeichnen? Du saßt in unserem Wohnzimmer, die Kinder schliefen. Es kann nicht lange her sein. Aber gab es nur ein Kind oder bereits zwei? Woran ich mich deutlich erinnere: Du hast dich geweigert, ein solches Dokument zu unterzeichnen. Du saßt im Sessel vor dem Panoramafenster und ich bat dich darum, ein vorgefertigtes Formular auszufüllen, anzukreuzen, was du dir wünschst. Ich stellte mir vor, dass diese Kreuzchen mich anleiten würden, dass sie mir verraten würden, wie mit deinem Körper umzugehen wäre, wenn du keine Wünsche mehr äußern könntest.

Das war meine Vorstellung von diesem Dokument. Ich dachte nicht, dass ich es bald benötigen würde. Doch ich hielt es für eine Frage der Sorgfalt, auch für das Unwahrscheinliche gewappnet zu sein. Doch du, der du mir in praktischen Dingen selten Widerstand entgegensetztest, du weigertest dich. Du sagtest, es gäbe keine Vorlage, die sämtliche möglichen Szenarien berücksichtigen würde. Es gäbe einfach zu viele für ein vorgefertigtes Formular. Zudem wolltest du nicht darüber nachdenken, unter welchen Umständen du weiter beatmet werden wolltest oder wann keine lebensverlängernden Maßnahmen mehr ergriffen werden sollten. Ich fragte dich erstaunt nach dem Grund. Und du erzähltest mir eine Geschichte: Nach deinem Zivildienst hattest du eine Ausbildung zum Intensivkrankenpfleger absolviert. Mit Schichten im Krankenhaus hast du dir später auch das Architekturstudium finanziert. Als du damals an der Charité arbeitetest, wurde ein junger Patient eingeliefert. Er kam bewusstlos zu euch auf die Intensivstation. Der Fall schien aussichtslos. Die Ärzte rieten, die Beatmungsmaschine auszustellen. Der knapp Zwanzigjährige war mit dem Gleitschirm abgestürzt. Die Eltern entschieden sich gegen die Einleitung seines Todes. Nach acht Monaten kam ihr Sohn wieder zu sich. Heute schreibt er der Klinik

Karten aus dem Sport-Urlaub. Du glaubtest nicht an Wunder. Du hast sie erlebt. Als du dich weigertest, das Formular auszufüllen, wolltest du damit dem Wunder eine Chance geben. Dein Glas war immer halbvoll. Und ich ahne jetzt: Auch wenn es keinen Anlass gibt zur Zuversicht, ist sie eine Pflicht. Weil ihre Kraft erst den Raum öffnet, damit das Wunder eintreten kann. Das Prinzip Hoffnung ist kein verzweifeltes Festhalten an einer Illusion. Ohne Zuversicht gibt es keine Wunder. Erst durch sie werden Wunder ermöglicht. Die Zuversicht schafft ihnen den Platz.

Wir stehen auf dem Steg. Unbeholfen streichele ich die Scheitel der Kinder, beteuere mir selbst, dass nichts geschehen ist, nichts geschehen kann auf diesem harmlosen See, in diesem Erholungsgebiet, diesem Campingplatz am Oberuckersee. Ein Boot mit Außenbordmotor taucht plötzlich auf wie aus einem Nebel. Dabei ist es hell, beinahe Mittag. Wir wollen auf dem Heimweg bei der Kolonie japanischer Künstlerinnen in der Nähe halten und deinen Bruder, dem ausgewiesenen Feinschmecker und versierten Koch, deren Curry kosten lassen. Anschließend will Fabian von Berlin aus mit dem Zug gen Norden fahren. In Gedanken gehe ich den Terminkalender der nächsten Woche durch. Für einen Stückauftrag muss ich Orpheus und Eurydike lesen. In dem Musiktheater soll ein Bogen geschlagen werden zur Gegenwart und zu einer ähnlichen Legende aus China. Eine der beliebtesten Kunqu-Opern heißt »Der Päonienpavillon«. Eine Frau schafft es darin, ihren toten Geliebten wieder zum Leben zu erwecken. Interessanterweise verbrennt sie dazu unter anderem Geldscheine. Ich fremdele sowohl mit China als auch mit dem Thema des Verlusts. Bislang bin ich erst auf drei Beerdigungen gewesen. Zwei davon waren die meiner Großmütter. Die letzte ist noch nicht lange her. Die Familie gehört zu der Kirchengemeinde, in der du dich engagierst. Wir hatten das qualvolle Sterben und die fortschreitende Lähmung des beinahe gleichaltrigen Gemeindemitglieds aus der Ferne verfolgt. Du kanntest ihn näher. Ich zähle nicht zur Gemeinde, doch wir tauften unsere Kinder katholisch. Dank dir tauchte ich ein in diese fremde Glaubenswelt und blieb doch immer Beobachterin. Der Verstorbene hinterließ seine Witwe und zwei Kinder. Die Beisetzung fand in der Kirche beim Südwestfriedhof statt. Nach der Messe suchte ich ein Ventil für meine Traurigkeit. Wie unter Zwang stürzte ich in die nächstbeste Boutique, kleidete mich neu ein. Ich behielt die frisch erworbene Schutzhülle gleich am Körper, packte die alten Kleider in die Tüte. Bis heute liegt diese neue Haut in meinem Schrank. Die Hose und das Shirt erinnern mich an den verstorbenen Mann. Vor meinem inneren Auge sehe ich ihn mit einer Bongo-Trommel zwischen den Knien im Gemeindesaal. Ich höre das stete Pochen, das er als Begleitung darauf schlägt, wie ein Herzschlag. Auf dem Steg aber herrscht Stille in mir. Ich denke, höre, fühle. Nichts. Ich stehe auf dem Steg und glotze. Das fremde Motorboot nähert sich. Mein Schwager steht mit nassen Haaren im Bug. Wir sehen uns an und ich weiß alles in diesem Moment. Wie ein Lichtblitz schneidet dieses Wissen in mich. Ich weiß gar nichts, denke gar nichts und fühle trotzdem den Einschnitt. Ich weiß, dass du gegangen bist. Ich verdränge dieses Wissen sofort. Denn gleichzeitig fühle ich, dass ich weitermachen muss, die Stellung halten. Da sind zwei Kinder. Eins an jeder Hand.

Du hütetest die Kinder, als ich zur Recherche nach China reiste. Da stillte ich den Kleinen noch. Ich solle endlich aufhören damit, sagtest du, wiederholte meine Mutter. Doch ich wollte nicht. Ich wollte das enge Band zwischen dem Kind und mir nicht zerreißen und ich genoss, dass ich die Einzige war, die ihn mit ihrem Körper nähren und stärken konnte, dass die Kraft aus mir in ihn strömte. Tatsächlich stille ich ihn sogar noch, als du stirbst. In dem Augenblick, als du ertrinkst, liege ich auf der Picknickdecke und halte unseren Jüngsten an meine Brust. Viel später, als ich allmählich einsehen muss, dass du fort bist, dass du untergegangen bist, da presse ich Theo, der eigentlich kein Säugling mehr ist, der bereits laufen kann und viel versteht, immer öfter an mich. Ich nehme den Jungen als Geisel. Ich rede mir ein, dass ich so am besten für ihn da sein kann. Tatsächlich ist er wohl für mich da. Seine Nähe, sein kleiner, warmer Körper, das Gefühl, dass ich mit der Milch aus meiner Brust etwas ganz Konkretes, etwas Lebenswichtiges bewirke, dass nur ich die Fähigkeit dazu besitze. Tagsüber füttere ich ihn mit Brei, doch nachts lasse ich ihn bei mir liegen. Beim kleinsten Wimmern lege ich ihn an. Doch das Glück und die Befriedigung, die ich beim Stillen empfinde, kippen langsam in ihr Gegenteil. Der nächtliche Hunger des Kindes wächst und wächst. So will es das körperliche Gesetz. Je mehr ich ihm gebe, um so mehr verlangt es. Jeder Schluck lässt Theo größer werden, stärker, hungriger. Allmählich ähnelt jede Nacht einem endlosen, vampirischen Stopp-Tanz. Nuckeln, Weglegen, Wachliegen, Grübeln. Das Stillen ist ein sich selbst regulierender Kreislauf und die Intervalle werden immer kürzer, meine Kraftreserven schwinden. Ich lasse mich aussaugen. Du bist nicht mehr da, um mich daran zu hindern. Doch die Stimmen mehren sich, die mich ermahnen, endlich abzustillen. Ich erhalte Nachrichten von meiner Patentante. Sie bildet sich ein, mit der Stimme von Theo zu sprechen. »Ich will nicht mehr an die Brust. Weg mit dieser unzuverlässigen Quelle.« Je lauter dieser Chor wird, umso stärker halte ich am Stillen fest. Trotzig will ich allen beweisen, dass ich auch ohne Schlaf, ohne Kraftreserven weitermachen kann. Erst als eine andere Witwe mich anspricht, dringt ihre Botschaft zu mir durch. Schockiert reißt sie die Augen auf, als sie von meinem unbeirrten Stillen erfährt. Sie weist mich zurecht. »Was Sie da tun, ist egoistisch. Es geht auf Kosten Ihres anderen Sohnes. Für den bleibt keine Kraft.« Erst da erschrecke ich über mich, über mein dünnes, wahnsinniges Gesicht. Ich fahre zu einem Seminar und binde mir die Brüste ab. Danach versiegt die Quelle.

Am frühen Morgen, wenn die ersten Vögel zwitschern, und gegen Abend ist der See glatt wie ein Spiegel, ein offenes Auge. Zusammen mit zig anderen Familien aus der Hauptstadt bilden wir am Wochenende, an den Feiertagen oder in den Ferien einen langen Tross auf der Autobahn. Wir flüchten aus der Stadt und wissen selbst nicht genau, was wir auf dem Land suchen. Streuselkuchen vom Bäcker, rot gebrühte Würste vom Imbiss, darüber der Duft der Holunderblüten, das Summen der Wespen und ab und an das Knallen eines Tannenzapfens, der auf das Dach unseres Wohnwagens stürzt. In meinem Liegestuhl schrecke ich auf. Dieses Geräusch ist die größte Aufregung für Stunden. Mit dem Rad umrunden wir den See. Einmal halten wir dabei an einem Gedenkstein an. Darauf steht: »Marinus Schöberl – geb. 4. September 1985, ermordet 13. Juli 2002«. In den Sockel ist ein Bibelzitat aus dem 1. Buch Moses eingraviert: »Ich will hinfort nicht mehr schlagen alles, was da lebt auf Erden.« Ich habe von der Tat gelesen. Ich weiß, dass es ein Theaterstück und einen Film über den Mord gibt. Mit unserem Sohn Hannes und mit dir stehe ich vor dem Gedenkstein. Theo ist noch nicht geboren. Die Kreuzung vor der alten Kirche ist leer, die Siedlungshäuser aus den Fünfzigerjahren mit ihren Spitzdächern, deren grauer DDR-Putz meist überstrichen wurde, erscheinen verlassen. Das Dorf wirkt ausgestorben, wie so viele andere kleine Orte in der Gegend. Wir haben die Räder zwischen unsere Beine geklemmt, damit wir schnell wieder aufsteigen und davon radeln können. Wir halten nur einen Moment inne und versuchen, uns an den fremden Jungen, der in diesem Dorf gestorben ist, zu erinnern. Marinus Schöberl war am dreizehnten Juli 2002 sechzehn Jahre alt. In den Geschichten über seinen Tod ist viel von Zufall die Rede, von einer tödlichen Mischung aus Alkohol, Demütigungen, Gewalt. Am Ende einer langen, gemeinsam durchzechten Nacht zwingen drei beinahe gleichaltrige Jugendliche Marinus dazu, in den Rand eines Steintrogs zu beißen. Es ist eine Szene, wie sie fast genauso in dem Spielfilm *American X* über die US-amerikanische Neonazi-Szene vorkommt. Ist es Zufall, dass dieser Film zwei Wochen vorher im Fernsehen ausgestrahlt worden ist? Warum haben die Jugendlichen ihn sich angesehen? Woher kommt die Idee, Marinus vor der Tat als Juden zu verhöhnen, auf ihn zu urinieren? Welcher Draht ist es, der bei dem jüngeren der beiden Brüder, Marcel, nach eigener Aussage in diesem Augenblick vor dem Steintrog durchbrennt? Welcher Entschluss, welcher Impuls, welche Verkettung bringt ihn dazu, mit beiden Füßen auf den Hinterkopf des Sechzehnjährigen zu springen? Laut dem gerichtlichen Gutachter sind die dadurch beigebrachten Verletzungen bereits tödlich. Doch die drei Jugendlichen befürchten angeblich, Marinus werde überleben. Um ihre Tat zu verschleiern, schlagen sie weiter mit Steinen auf ihn ein. Die Leiche versenken sie anschließend in einer Jauchegrube. Der Mord bleibt unentdeckt, bis Marcel vier Monate später vor Freunden mit dem Verbrechen prahlt. Im anschließenden Prozess bezeichnet die Staatsanwaltschaft den familiären Hintergrund der beiden Brüder als intakt. In Interviews macht die Mutter, eine arbeitslose Köchin, die Trostlosigkeit nach dem Ende der DDR verantwortlich für die Tat ihrer Söhne. Industrie und Landwirtschaft seien zusammengebrochen, die Arbeitslosigkeit im Landstrich die höchste in ganz Deutschland. Heute sind alle Haftstrafen längst verbüßt und mindestens zwei der Täter wieder auf freiem Fuß. Nach dem Gerichtsurteil gaben die Eltern der beiden Brüder den anwesenden Reportern Folgendes zu Protokoll: »Viele sehen unsere Kinder heute als Bestien, die einen Unschuldigen brutal gequält und erschlagen haben. Aber dennoch werden wir immer Mutter- und Vaterliebe empfinden. Ihre Zimmer in unserem Haus werden auf die Jungs warten.« Auf der Website der Gemeinde stand lange: »Gäste können sich in Potzlow wohlfühlen. Handwerk und Gewerbe sowie Dienstleistungen sind Anziehungspunkte. Verpflichtend und zukunftsorientiert werden die Bürger von Potzlow ihre Heimat verschönern.« Der Mord, der den Ort damals international in die Schlagzeilen brachte, wurde nicht erwähnt. An der Kirche in Potzlow aber steht der Gedenkstein für Marinus Schöberl. »Ich will hinfort nicht mehr schlagen alles, was da lebt auf Erden.« All das Grauen, das hier geschah, ist unsichtbar. So wie die klare, frische Luft über dem See, die mich so müde macht, träge. Diese ungewohnte Ruhe vom Lärm der Sirenen, der Motoren, der Hubschrauber über dem Regierungsviertel in der Hauptstadt, neben dem unser Mietshaus steht. Ich atme auf.

»Gestern habe ich zum ersten Mal drei der anderen hinterbliebenen Elternteile (was für ein deutsches Wort: hinter-blieben!) gesehen. Erstaunen. Erkennen. So wirke ich also vermutlich auch. Gelassen. Ungerührt. Energetisch. Trauern mit Kindern ist eine Angelegenheit für den Feierabend.« So notiere ich es am 21. Oktober 2018. Auf einmal bemerke ich die Alltäglichkeit des Verlusts nicht nur in dieser Trauerrunde. Ich sehe sie überall. Überall sterben Väter und Mütter. Es erstaunt mich, wenn sie am Leben bleiben. In beinahe jedem Kinderfilm motiviert der Tod der Eltern die Kinder zu ungeahnten Kraftanstrengungen. Bambis Mutter stirbt im Flammenmeer, Harry Potters Eltern werden ermordet, Spidermans Eltern verschwinden, sein Ziehvater wird ebenfalls ermordet, Batman, Joker, Schneewittchen, Hänsel und Gretel, Pippi Langstrumpf – alles Halb- oder Vollwaisen. In diesem Sommer ist es besser, Filme für Erwachsene einzuschalten oder Zeichentrickserien. Animierte Figuren erinnern nicht so sehr an die Wirklichkeit. Und Hannes, der Siebenjährige, will nicht erinnert werden. Er betäubt sich mit Fernsehen oder

Videospielen. Stundenlang. Er darf das jetzt. Die Fachfrau für geknickte Seelen hat zugeraten. Ich dagegen inhaliere das Unglück der anderen. Je monströser der Schrecken, je furchtbarer die Folgen, umso gebannter höre ich zu. Dieser Voyeurismus hilft mir, mich nicht allein zu fühlen. Lang bevor Joe Biden Präsident der Vereinigten Staaten von Amerika wird, weiß ich alles über seine Familientragödie. Ich weiß, dass seine Frau mit den drei kleinen Kindern Weihnachtseinkäufe erledigt, während ihr Mann seinen Einzug in den Senat vorbereitet. Er hat kurz zuvor den Wahlkampf gewonnen. Als seine Frau mit dem Auto nach Hause fährt, hält sie sich an die Verkehrsregeln. Sie fährt nicht zu schnell, sie überfährt kein Stoppschild, sie nimmt niemandem die Vorfahrt. Sie will einfach eine Kreuzung überqueren. Doch mitten auf der Straße rammt ihren Wagen ein Sattelzug. Ihr Auto dreht sich im Kreis, die Karosserie wird durch den Unfall zusammengeknüllt, als wäre sie aus Papier. Der Sattelzug steht still, beinahe unbeschädigt. Die Frau von Joe Biden und ihre knapp einjährige Tochter sterben auf dem Weg ins Krankenhaus. Die beiden Söhne sind schwer verletzt. Joe Biden lässt sich an ihrem Krankenhausbett als Senator vereidigen. Was für eine Inszenierung. Was für eine Selbstverständlichkeit. In solch einer ungeheuerlichen

Situation die private Dramatik derart auszustellen, sie herausschreien zu wollen und trotzdem innerlich zu meutern gegen die Gleichzeitigkeit von persönlichem Verlust und politischem Erfolg. Der Witwer beschuldigt den Fahrer des Sattelzugs, betrunken gefahren zu sein. Vor Gericht wird diese Behauptung widerlegt. Joe Biden akzeptiert das Urteil jedoch nicht, er besteht darauf, der Fahrer müsse betrunken gewesen sein. Es muss eine Erklärung geben, einen Zusammenhang. Wie Orpheus hört er nicht auf zu klagen. Meine Augen füllen sich mit Tränen, als ich all das lese. Meine Rührseligkeit erscheint mir selbst unangemessen. Noch absurder kommt es mir vor, dass ich unwillkürlich annehme, dass dieser Verlust Joe Biden moralisch reinigte, dass sein offensichtliches Überleben des Verlusts ihn gestärkt hat, ja, ihn über den Dingen schweben, den Verlust transzendieren lässt. Ich zwinge mich dazu, Joe Biden als das zu sehen, was ich bin: als jemand mit einem Verlust. Kein Heiliger mit einer Drachenhaut oder einer anderen geheimen Superkraft, die hilft zu überwinden, was unmöglich, was lediglich hinzunehmen ist.

In Berlin sitzen nur Mütter in meinem Stuhlkreis. Ein einziges Mal taucht ein Vater auf. Doch seine Frau ist nicht plötzlich, sondern nach jahrelanger Krankheit verstorben. Dieser Umstand unterscheidet ihn und seine Söhne von all den Frauen in der Runde. Die Väter unserer Kinder sind allesamt plötzlich verstorben. In etlichen Trauerreden hieß es: Er wurde aus dem Leben gerissen. Es gab keine letzten Aufträge, kein seelisches und organisatorisches Reinemachen. Die an ALS erkrankte Frau dieses zu uns gestoßenen Witwers dagegen probierte sogar noch auf dem Sterbebett, ihn mit der Krankenschwester zu verkuppeln. Sie wünschte sich, dass er schnell Ersatz für sie fände. Ich habe den Eindruck, er hält auch in unserer Runde Ausschau. Er kündigt an, dass er nach der langen Zeit am Krankenbett jetzt leben will. Er erscheint nicht zu den nächsten Treffen. Wir, die hinterbliebenen Frauen, sprechen über unsere Ehemänner, die beim Einkaufen, beim Joggen, morgens im Bad oder innerhalb von Stunden im Krankenhaus verstarben. Ein Unternehmer warf sich vor die S-Bahn, nachdem er seine Ersparnisse verspielt hatte. Ein anderer Vater war Lehrer, funktionierte immer wunderbar, trank sich aber langsam und dann ganz plötzlich zu Tode. Seine Frau hatte sich da schon lang von ihm getrennt. Sie ist die Einzige in unserer Runde, deren Redefluss unterbrochen werden muss. Bei den anderen tröpfeln die Worte, sparsam, zaghaft, gegen inneren Widerstand. Doch einmal taucht eine verweinte Frau auf. Sie ist ungefähr so alt wie ich, Anfang vierzig. Eine junge Schwangere weicht nicht von ihrer Seite, ergreift von Zeit zu Zeit das Wort für sie. Die verweinte Vierzigjährige spricht perfekt Deutsch. Sie braucht die Begleitung ihrer erwachsenen Tochter als emotionale Stütze. Manchmal formuliert die Schwangere auch für sie, was ihrer Mutter schwerfällt. Langsam verstehen wir die Zusammenhänge: Die haltlos weinende, ältere der beiden Frauen hat ein kleines Kind verloren. Dieser Sohn war gerade vier Jahre alt geworden. Die junge, erwachsene Frau, die nun selbst ein Kind erwartet, ist ebenfalls ihre Tochter. Die Erinnerung ist noch frisch. Ihr jüngster Sohn stand zu nah am Grill, als die Mutter den Brandbeschleuniger hineingoss. Ein Zischen, eine Stichflamme, der Geruch von verbranntem Fleisch. Der Junge ist aus seiner Ohnmacht nicht mehr aufgewacht. Die Mutter sagt, am liebsten wäre sie selbst an seiner Stelle verbrannt. Die erwachsene Tochter neben ihr bleibt ruhig. Sie erträgt das Weinen ihrer Mutter, ihre Selbstbezichtigung. Schützend legt sie eine Hand auf ihren eigenen runden Bauch. Zu Beginn der Stunde zünden wir reihum eine Kerze für unsere Verstorbenen an, sagen etwas, wenn es uns gefällt. Mir gefällt es nicht. Ich behalte mein ungenügendes Leid für mich und verbitte mir jede Veräußerlichung.

Zu Hause blättere ich in den *Birthday Letters* von Ted Hughes. Es sind Gedichte über seine Beziehung zu Sylvia Plath. Ihr einziger Roman *Die Glasglocke* erschien am 14. Januar 1963. Die junge Protagonistin des Buchs gewinnt einen Schreibwettbewerb, versucht dann sich umzubringen, kommt in die Psychiatrie, erhält Elektroschocks. Als Schülerin las ich eine Neuübersetzung des Romans. Da war das Buch bereits dreißig Jahre alt. So alt wie Sylvia Plath bei seinem Erscheinen. Vier Wochen nach der Veröffentlichung der *Glasglocke* schluckte die Schriftstellerin Schlaftabletten, dichtete die Küchenfenster und die Türen mit Handtüchern ab, drehte den Gashahn des Herdes auf und legte ihren Kopf in den Backofen. Ihre kleinen Kinder schliefen nebenan. Ihre Tochter Frieda war damals drei und ihr Sohn Nicholas nicht einmal ein Jahr alt. Kurz nach seiner Geburt hatten Ted Hughes und Sylvia Plath sich getrennt. Er hatte sich in eine andere Frau verliebt und weigerte sich, die Affäre zu beenden. Einige Zeit nach Sylvia Plaths Tod tötete auch diese Geliebte sich selbst. Zum Tod seiner ersten Frau äußerte Ted Hughes sich jahrzehntelang nie öffentlich. Er schwieg und lieferte damit den perfekten

Sündenbock. Er hatte die depressive Sylvia Plath betrogen, sie mit zwei kleinen Kindern allein gelassen. Jahrzehntelang wurden Hughes' Lesungen immer wieder von »Mörder, Mörder«-Rufen unterbrochen. Sein Schweigen schien alle Anschuldigungen und Fantasien zu bestätigen. Trotzdem weigerte er sich, öffentlich über seine Frau zu sprechen. Er erklärte einmal, Schweigen sei immer noch besser, als am Nasenring durch die Manege gezogen zu werden und dann gezwungen zu sein, jedes Detail über sein Leben mit der amerikanischen Schriftstellerin immer wieder hochzuwürgen. Sylvia Plath starb 1963, die *Birthday Letters* erschienen 1998. Das Bild auf dem Umschlag der Erstausgabe stammt von ihrer Tochter, Frieda Hughes. Mich erinnert es an ein flammendes Inferno, wie die Luftaufnahme eines Waldbrandes, aus weiter Ferne betrachtet. Mehr als ein Vierteljahrhundert hat Ted Hughes an den Gedichten gearbeitet. Lange Zeit erzählte er niemandem davon. Als das Buch endlich erschien, wurde es sofort zum Bestseller und viele priesen es als sein vielleicht intensivstes Werk. Die Gedichte darin sprechen von einer komplizierten und auch zerstörerischen Liebe, davon, in welche Täler die Depression, dieser schwarze Hund, Sylvia Plath trieb und was das für ihren Mann bedeutete. Sie erzählen auch davon, wie der Schock über den Tod seiner Frau ihn selbst dreißig Jahre später immer wieder aufs Neue trifft, wie er in einer Zeitschleife gefangen ist, er diesen Schock immer und immer wieder erlebt:

»Nichts ist mehr übrig. Ich kehrte nie zurück,
und du bist tot.
Doch in merkwürdigen Momenten kommt es
Wie beim erstenmal, als wäre es eine Hand, die
mich anfaßt
Und aus leichtem Schlaf rüttelt,
Durch all die Jahre und nach dreißig Jahren
Nahe, es selbst, unser wie die Stimme deiner
Tochter –
BUM!«

Doch es gab noch mindestens eine andere Person, die nach Sylvia Plaths Tod schwieg, die zuerst durch Schweigepflicht, später wohl durch Mitgefühl mit den Hinterbliebenen gebunden war. Doch 2017 brach sie dieses Schweigen. In diesem Jahr veröffentlichte Sylvia Plaths Therapeutin vertrauliche Briefe ihrer ehemaligen Patientin. Darin beschreibt die Schriftstellerin, wie Ted Hughes sie seelisch und körperlich misshandelte. Sylvia Plath berichtet in diesen Briefen, wie ihr Ehemann sie, die Schwangere, verprügelte. Zwei Tage später verlor sie ihr zweites Kind. In ihrem vier Wochen nach der Fehlgeburt entstandenen Gedicht *Parliament Hill Fields* wendet sie sich an das Ungeborene:

> »Dein Schrei erlischt wie der Schrei einer Mücke.
> Ich verliere dich aus den Augen auf deiner
> blinden Reise,
> während das steppige Gras flirrt und die
> plätschernden Bäche
> sich ausbreiten und verströmen. Mein Geist
> bricht auf mit ihnen.«

Auch in der kurzen Zeit zwischen der Trennung von Ted Hughes und ihrem Tod, und obwohl sie allein mit zwei kleinen Kindern war, schrieb Sylvia Plath bemerkenswert viel. Ihre Gedichtsammlung *Ariel* wurde von ihrem Witwer posthum veröffentlicht. Auch für seinen Umgang mit ihrem literarischen Erbe ist Ted Hughes mehrfach kritisiert worden. Kurz nach der Veröffentlichung seiner *Birthday Letters* starb er selbst unerwartet. Am Ende seines Lebens bereute er, sich nicht früher mit dem Tod seiner ersten Frau auseinandergesetzt zu haben. Er nahm an, dass er sowohl besser gelebt als auch geschrieben hätte, wenn er das früher gewagt hätte. 2010 führte seine Witwe einen Journalisten zum unveröffentlichten *Last Letter*, der bis dahin unentdeckt in der British Library gelegen hatte. Ted Hughes spricht darin zum ersten Mal über seine Schuldgefühle, über sein Fremdgehen und auch über den Abschiedsbrief von Sylvia Plath, der ihn versehentlich zu früh erreichte. Nachdem er ihn gelesen hatte, eilte er sofort zu ihrem Haus und weinte vor Erleichterung, als sie ihm mit einer Zigarette in der Hand öffnete und seine Angst und Panik mit einem Lächeln wegschnipste. Den Brief verbrannte sie vor seinen Augen im Aschenbecher und schickte ihn wieder fort. Und er ging, ließ sich bereitwillig beruhigen, suchte Trost in einem anderen Bett. Als er endlich am frühen Morgen in sein Zuhause zurückkehrte, klingelte das Telefon, so wie es das viele Male in der Nacht getan hatte. Das Gedicht endet mit einer kühlen, messerscharfen Stimme an seinem Ohr, die verkündet: »Ihre Frau ist tot.«

»Du bist schuld. Du hättest Hilfe holen können. Warum hast du nicht angerufen? Warum hast du Papa nicht gerettet?« Hannes' Augen sind schwarz vor Wut. Er glaubt, ich hätte seine Befürchtung absichtlich ignoriert. Ich versuche seine Vorwürfe auszuhalten. Später sage ich ihm die Wahrheit. Ich erkläre ihm, dass auch ein früherer Notruf dich nicht gerettet hätte. Selbst dein Bruder, der dabei war, war nicht nah genug, und selbst wenn er es gewesen wäre, weiß ich nicht, ob er dich hätte retten können. Einmal weint Hannes im Unterricht in der Schule so heftig, dass ich ihn abholen muss. An einem anderen Tag will er nicht zum Kommunionunterricht, weil seine Traurigkeit ihn übermannt. Die Leiterin erinnert ihn daran, wie wichtig die Kirche für seinen Vater war: »Dein Papa schaut dir zu, wenn du zur Kommunion gehst. Du willst doch, dass er sich freut?« Ich überlege kurz, ob ich den Unterricht abbrechen soll. Zum Glück lässt Hannes sich nicht erpressen. Ich führe ihn nach Hause. Ein anderes Mal radelt er mit von Tränen verschleierten Augen mit mir zur Schule. Ein Obdachloser sieht sein Weinen und fragt ihn, was los sei. Hannes sagt: »Papa ist weg.« Der Mann entgegnet abfällig: »Das ist doch Alltag.« Hannes starrt ihn an, sein Schluchzen stoppt für einen Moment und beinahe bin ich froh über die Unverschämtheit des Obdachlosen. Doch dann bricht das Weinen noch stärker wieder hervor. Ich treibe ihn zum Fahren an. Ich ahne, dass es gefährlich ist, ein aufgelöstes Kind durch den Berliner Straßenverkehr zu jagen, an der Plastikmuschel für die Junkies im Park, an der Eckkneipe, an den Autos, E-Scootern und Kinderwagen vorbei. Doch es ist zu schmerzhaft, stillzustehen und sein Weinen auszuhalten. Eines Tages entdeckt Hannes, dass ich ein Passfoto von ihm im Portemonnaie trage. Überrascht zieht er es hervor und fragt: »Wofür brauchst du das?« Ich sage: »So bist du immer bei mir.« Er schaut mich ungläubig an. Dann sehe ich die Freude in seinen Augen. Ein anderes, friedliches Mal, als er ausnahmsweise kuscheln will. Ein kurzer Moment des Verschnaufens in unserem Trauer-Marathon. Natürlich bannt ihn die Verzweiflung nicht die ganze Zeit. Natürlich lacht er, natürlich ist er übermütig, natürlich spielt und tollt er auch. Doch immer wieder reißt die Wunde auf. Dann taumelt er, innerlich. Anstatt zu weinen, kippt seine Trauer meist in Wut. Er tobt, brüllt, scheinbar ohne Bezug zu seinem Verlust. Ich ahne, warum er um sich schlägt. Am liebsten würde ich ihm und mir einen Baseballschläger in die Hand drücken und mit meinem Sohn um die Ecken ziehen. Alles zerschlagen, entzweischreien, zerstören. Ich weiß, wie hilflos und verloren Hannes sich fühlt, wie er immer wieder testet, wie belastbar seine Umgebung ist, ob ihn jemand hält. Ich ahne es und kann es doch schwer ertragen, habe keine Geduld. Wir bieten einander die perfekte Angriffsfläche für unsere Wut. Immer wieder legt Hannes sich quer, wenn ich oder andere etwas für ihn organisieren. Ich erinnere mich an einen der ersten Tage in Irland, im Sommer nach deinem Tod. Unser Gastgeber dort will uns die Umgebung zeigen. Wegen des sumpfigen Untergrunds sind Gummistiefel angebracht. Doch Hannes will die Schuhe in seiner Größe nicht anziehen. Sie sehen zu mädchenhaft aus. Er will auch keine anderen Schuhe anziehen. Er will gar nicht mitkommen. Ich bettele und dränge, ich schimpfe und drohe. Vergeblich. Hannes rotiert um die eigene Achse wie ein Panzer mit ausgefahrenem Kanonenrohr. Er will nicht mit auf den Spaziergang, wird von mir angetrieben, gezwungen. Schließlich folgt er uns missmutig in Sandalen, später stapft er dann barfuß in den Sumpf. Bald kann er nicht mehr laufen, nörgelt, schimpft und plärrt. Schließlich greift er in ein Wespennest, wird gestochen und schreit, als wäre es sein Untergang. Der

Farmer schleppt ihn schließlich. Ich sehe, wie mein Sohn die Arme um seinen Nacken schlingt. Und ich, ich schäme mich für den Aufstand meines Kindes. Ich will funktionieren, doch mein Sohn beweist allen, was sich hinter diesem Programm verbirgt. Er ist mein kleines Spiegelbild. Gnadenlos beweist er meine Haltlosigkeit, die ich mühsam verberge, damit sie mich nicht verschlingt. Manchmal gibt es kurze Momente der Besinnung. Die Sonne auf der Haut zu spüren, von ihr gewärmt zu werden, das größte Geschenk. Ich rücke ein kleines Stück nach links, ahne, dass die Sonne bald nicht mehr durch dieses Fenster fallen wird, ahne, dass alles weiter anstrengend bleiben wird, erschöpfend. Mit geneigtem Kopf, zugekniffenen Augen stapfe ich gegen einen künstlichen Schneesturm an. Die Kinder sollen diese Eismaschine nicht bemerken. Doch beinahe jeden Tag richte ich sie gegen sie. Ich will es nicht, aber ich tue es. Ich zeige ihnen, wie schwer mir alles fällt. Ich brülle, »Ich rackere mich den ganzen Tag für euch ab!« Ich kreische: »Seid doch endlich still!« Und wenn dann Ruhe herrscht, bin ich es, die sie mit Nörgeln unterbricht.

Die Geigenstunde von Hannes ist einer der tragenden Pfeiler in unserer Woche. Doch mehrmals fällt sie aus.

Der Lehrer konzertiert, einmal ist er krank. Als Ersatz bietet er uns eine gemeinsame Stunde in der Entspannungstechnik an, die er ebenfalls unterrichtet. Zusammen mit einer anderen Mutter und ihren Töchtern sollen wir Gelassenheit erlernen. Die Jungs und ich betreten den kleinen Raum und sofort spannt sich die Luft. Wir sollen, wir wollen ruhig werden. Doch meine Kinder hampeln, sie fegen durch den Raum, sie plappern. Wieder einmal versuche ich, sie und mich zu beruhigen. Je stärker ich es probiere, je mehr Druck ich ausübe, umso widerständiger scheinen sie zu werden. Ich werde wütend, schäme mich, will am liebsten fliehen. Immer wieder versucht der Lehrer, mich dazu zu bringen, in mich hineinzuhorchen, die Kinder in Ruhe zu lassen. Die Anweisungen scheinen einfach. Ich soll mich hinsetzen und dann spüren, wie ich sitze, wo die Anspannung sitzt. Das kann ich nicht. Der Lehrer tritt zu mir und schüttelt meine Beine aus. Die Stunde ist eine Katastrophe. Wieder schäme ich mich für meine Kinder, für meine Anspannung. Doch Tage später verblüfft mich der gerade zweijährige Theo. Mein kleiner Sohn hebt meinen Oberschenkel an und schüttelt mir die Waden aus. Dazu spricht er mit sonorer Stimme, den Tonfall des Lehrers nachahmend. »Ruhig, ganz ruhig.« Ich seufze ihn an. Und kurz herrscht Ruhe. Frieden.

Es ist mitten im Sommer und die Blütenpollen taumeln wie Schneeflocken vom Himmel herab. Ich erzähle Märchen. Keins der Kinder hört zu. Unser Wohnwagen steht am Ende des Mittelwegs. Der Mittelweg ist der beste, wie schon der Name verrät. Es gefällt mir, mich bescheiden zu geben, wenn ich das behaupte. Ich weiß sehr gut, dass ich es nicht bin. Unser Mittelweg endet in einer Sackgasse. Das bietet den Vorteil der Abgeschiedenheit. Auf einem Campingplatz ist das eine gar nicht hoch genug einzuschätzende Eigenschaft. Unser Wohnwagen steht im letzten Winkel des Campingplatzes, der schmale Grasstreifen davor wird von einem Maschendrahtzaun begrenzt. Dahinter liegt der Wald mit seinen hohen Kiefernstämmen, davor Brombeergestrüpp, Dornen, vertrocknetes Laub. Links von uns parkt der Wohnwagen ruhesuchender Rentner, hinter uns hat eine Familie mit zwei Kindern ihr Zelt aufgebaut. Eigentlich sind es drei, doch die erwachsene Tochter zähle ich nicht zur »heiligen Familie«, wie ich sie heimlich nenne. Sie sind moralisch unantastbar, denn sie besitzen einen behinderten Sohn, den sie in einem aufgepumpten Lkw-Schlauch anstelle eines Schwimmreifs auf die Oberfläche des Sees schieben. Die gesunde Tochter ist still und brav. Das perfekte Schattenkind. Einmal erscheint die Tochter nicht zum Abendessen. Als sie endlich wieder auftaucht, erheben ihre Eltern nicht einmal die Stimme, doch ihre Vorwürfe prasseln auch leise und sanft gesprochen stundenlang. Sie sind Lehrer. Was sie sagen, sitzt. Die ganze Nacht höre ich das Mädchen weinen. Nur die dünne Metallwand des Wohnwagens trennt mich in meiner Koje von ihrem Schluchzen im Zelt. Wir gehören alle zum Stamm der Stadt-Flüchtlinge, die am Wochenende Kartoffelsalat und Kinder einpacken und eine Stunde gen Norden fahren, um sich von ihrem Alltag und dem WLAN zu entfernen. Du bist entzückt über unser gepachtetes Paradies. Doch ich höre nachts das Schnarchen der Nachbarn. Jedes Stöhnen, Keifen, Weinen dringt an mein Ohr. Sie sind alle in meinem Kopf. Die Berliner Familien, Paare, Grundschulklassen. Wie Schlupfwespen bohren sie ihre Geräusche als Brut in meinen vollständig gelähmten Körper, wo sie wachsen und wachsen und mich so bei lebendigem Leib auffressen. Ich schlafe schlecht auf dem Campingplatz. Ich begnüge und beatme mich durch mein Leben. Ich will mehr. So denke ich manchmal, wenn ich auf dem schmalen Grünstreifen vor dem rostigen Wohnwagen auf einer Liege vor mich hinstarre. Während ich den Mücken mit den Augen folge, die morgen oder übermorgen tot sein werden, habe ich eine leise Ahnung davon, was Leben bedeutet. Dieses sonderbare Leben, das wir gemeinsam vermehrten und das jetzt in Gestalt von zwei Kindern über den Campingplatz strolcht. Unser Wohnwagen parkt hier dauerhaft, seine Reifen verwachsen mit dem Boden. Das Fundament hat einer der Vorbesitzer gemauert. Wir wollen uns hier erholen. Vom Verkehrslärm in der Stadt, vom Dauerklingeln des Telefons, vom Müssen, Wollen, Scheinen. Über mir rauscht der Wind, er raunt im Himmel. Ein halb abgerissener Ast ächzt wie eine schlecht geölte Tür in den Angeln. Kiefernadeln polstern den Waldboden, der unter den Füßen schwingt, bei jedem der vielen Schritte, die zur Versorgung zwischen den Zelten, Wohnmobilen und Wohnwagen nötig sind. Übermütige Kinder einfangen, müde Kinder schleppen, Geschirr und anderes zum Waschhaus tragen, Eis und Brötchen im Kiosk erstehen, Müll wegbringen. Die Stunden verrinnen in einer endlosen Schleife, kreisen ums Essen, Waschen, Entleeren, Schlafen. Das Gelände des Campingplatzes ist zu Terrassen planiert worden und der Abhang reicht bis zum Ufer des Sees hinab. Dieser Ort am See, der wohl immer schon der allerschönste war. An dem die Mammuts weideten, über den die Slawen vor rund tausend Jahren ihre langen Brücken schwangen. Niemand kann schlüssig erklären, wie sie es ohne elektrische Geräte anstellten, die hölzernen Pfeiler zum Teil über zwanzig Meter Wassertiefe hinweg im Boden des Sees zu versenken. Auf der kleinen Insel, die in direkter Sichtlinie gegenüber des Badestegs des Campingplatzes aus dem Wasser ragt, befand sich damals eine Festung der Ukranen. Ein sechs Meter hoher Wall aus Lehm und Holz schottete sie ab. Zwei Brücken verbanden die Burgwallinsel mit dem Ufer. Einer dieser Stege war über zwei Kilometer lang. Heute steht die Burgwallinsel unter Naturschutz. Nur Vögel und andere Tiere bahnen sich ihren Weg durch das Gestrüpp aus uralten Bäumen und mannshohen Brennnesseln. Mit dem Boot paddeln wir mit den Kindern um die Insel, halten dabei nach Bibern, Kranichen und Wasserschlangen Ausschau. Nie haben wir die Spitzen der uralten Brückenpfeiler entdeckt. Doch sie sind da, unter uns. Der Pegel des Sees ist inzwischen gestiegen, die Verbindung zwischen den Pfeilern fehlt. Dennoch ragen sie empor, trotzen der Verrottung, seit über tausend Jahren. Taucher haben einen der Brückenpfeiler vor einigen Jahren geborgen und im Kirchturm von Fergitz aufgestellt. Dort ragt er nun auf wie ein Totempfahl. Holz lebt. Es ist ein lebendiger Werkstoff. Im Wasser hat dieser Pfahl ein Jahrtausend überdauert. Nun steht er in der Kirche. Wovon zeugt er? Was bewahrt er? Du beschäftigst dich täglich mit solchen und anderen baulichen Überresten. Du hast Architektur studiert und dich dann auf Denkmalpflege spezialisiert. Anhand von Bauzeugnissen suchst du Verbindungen zwischen Vergangenheit und Gegenwart. Du erzählst mir, dass nichts in der Geschichte je festgeschrieben ist, dass auch die Vergangenheit ein Konstrukt ist. Du hast dir mal auf dem Baugerüst von Luthers Geburtshaus das Knie verletzt. Der Witz daran ist nicht, dass du katholisch bist, sondern dass Luther gar nicht dort geboren wurde. Doch das Haus gilt schon so lange als sein Geburtsort, dass du es richtig findest, es als ein Ort des Gedenkens an Luther zu bewahren. Luther hat niemals dort gelebt. Er wurde in einem Vorgängerbau lediglich geboren. Das Haus ist seit Jahrhunderten seiner Verehrung gewidmet. Es ist ein Ort, der von der Erinnerung an den Reformator geprägt ist, ein Memorial.

Das Segelboot hattest du dir zu deinem runden Geburtstag im Jahr zuvor schenken lassen. Viele deiner Freunde haben zusammengelegt dafür. Sie kamen damals alle zu deiner Feier in den Pfarrgarten und du führtest sie stolz durch dein Reich, das Berliner Hansaviertel. Die Hochhäuser und Einfamilienhäuser dort wurden 1957 zur Internationalen Architekturausstellung als architektonisches Aushängeschild der Demokratie westlicher Prägung errichtet. Zeitgleich wurde im sowjetisch besetzten Teil Berlins die Stalinallee als sozialistisches Gegenmodell gebaut. Die beiden Regierungen bauten um die Wette. Es ging dabei nicht nur um Schnelligkeit, sondern um den Triumph des besseren Staatssystems. Die Neubauten dienten als in Beton gegossene Propaganda. An deinem Geburtstag im Jahr 2017 wurde das Viertel genau zehn Jahre älter als du. Für deine Gäste hattest du Schautafeln ausgedruckt und zeigtest unseren Freunden auf historischen Aufnahmen, welche Gebäude vor dem Zweiten Weltkrieg im Berliner Hansaviertel standen. Viele großbürgerliche Wohnungen von jüdischen Bürgern, an deren

Ermordung jetzt die Stolpersteine auf dem Bürgersteig erinnern. Lebhaft hast du erzählt und so, als wären die Ideen der Architekten der klassischen Moderne, von Gropius über Eiermann bis Niemeyer deine eigenen. Dann standest du mit einer karierten Schürze über dem Anzug am Grill, beugtest dich über die Bierbänke, um zu servieren, eiltest von Tisch zu Tisch, scherzend, rufend und mit einem breiten Grinsen auf dem geröteten Gesicht. Es war ein grandioses, ein rauschendes Fest, das du dort, hinter der Kirche, bis in die Morgenstunden gefeiert hast. Ich will nicht davon sprechen, wie abgehängt und vergessen ich mich fühlte. Ich weiß, dass das meine eigene Schuld war. Ich will ebenfalls nicht von Verantwortung reden, weil das angenehmer klänge, einsichtiger, geschmeidiger. Ich halte meinen Mund. Ich erinnere mich nicht an deinen Ärger, als Hannes bei deiner Stadtführung mitreden wollte. Er stand vor dir mit schief gelegtem Kopf und stellte eine Frage nach der nächsten. Er lechzte nach Aufmerksamkeit, wollte verstehen, was du an diesem Viertel so spannend fandest. Er ließ dich nicht zu Wort kommen. Die Adern an deinem Hals schwollen an. Das stimmt natürlich nicht, das kann gar nicht stimmen, denn du warst der gelassenste, der fröhlichste, der liebevollste Vater, den ich mir nur vorstellen kann. Dein Sohn vergöttert dich. Es kann also nicht wahr sein, dass es nicht einmal zehn Minuten dauerte, bis ich bereit war, mich mit beiden Kindern nach Hause zurückzuziehen. Dieser schöne Feiertag, die große Party, die gute Stimmung – alles drohte zu kippen. Aber vielleicht ist das nur in meinem Kopf verrutscht. Vielleicht war es mal wieder so, dass du alles allein vorbereitet hattest, ohne meine Unterstützung. Vielleicht hatte ich die Kinder wie einen Schutzwall vor mich geschoben, meine große mütterliche Aufgabe, und dich, deinen Bruder und andere Freunde die Bierbänke schleppen, Essen und Getränke besorgen und alles andere erledigen lassen. Es herrschte kein Krieg, keine Riesenkatastrophe und nicht einmal ein offen ausgetragener Streit. Es war nur ein Clash der Systeme und vor allem das Gefühl einer mich langsam einschnürenden Einsamkeit. Vielleicht hast auch du dich zunehmend isoliert gefühlt von einer, die ständig stichelte, giftete. An diesem Nachmittag jedenfalls bin ich auf dem Fest geblieben. Die Kinder und ich fielen einfach ein Stück hinter die Gruppe zurück. Um nicht zu stören. Und das war auch kein Drama, denn ich kannte deinen Vortrag in- und auswendig und der Inhalt richtete sich weder an Säuglinge noch an Sechsjährige. Später waren wir auch im Garten dabei. Nicht lange, aber wir waren dabei und sahen dich von einer Traube von Gästen zur nächsten wandern. Vermutlich war es nicht mal zehn Uhr abends, als ich ins Bett ging. Du kehrtest erst im Morgengrauen zurück. Und später, viel später nach dieser Feier kauftest du dir von dem geschenkten Geld deiner Freunde das Boot. Anstatt auf unser Baby aufzupassen, wolltest du einen Segelkurs belegen. Mit gepresster Stimme erklärte ich, dass mir die Idee nicht gefiel. Ich fand freie Zeit auf dem Wasser ein unverschämtes Vergnügen ohne uns und damit keinen guten Auftakt deiner Vaterschaft. Hättest du diesen Segelkurs belegt, hättest du wahrscheinlich noch einmal die oberste Notfallregel eingepaukt bekommen: »Immer am Boot bleiben.« Doch du hast den Segelkurs auf mein Drängen hin abgesagt. Ein halbes Jahr Kinderbetreuung hatte ich von dir verlangt für ein weiteres Kind. Ich selbst nahm unseren Sohn dann schon im Alter von drei Monaten mit ins Büro. Dort legte ich ihn auf dem staubigen Teppichboden ab, während ich arbeitete. Einmal bettete ich ihn in die Sitzkuhle eines Sessels. Ich dachte, er könne sich noch nicht umdrehen. Ich wandte mich ab, tippte, unterhielt mich über Formulare und füllte sie aus. Plötzlich – ein dumpfer Aufprall. Unser Sohn hatte sich vom Sessel gerollt. Ich hatte ihn unterschätzt. Erschrocken eilte ich zu ihm. »Alles gut«, versicherte ich schnell dem Kollegen, während die Beule an dem kleinen Schädel anschwoll. Ich blickte in Theos tränenfeuchte Augen, tröstete ihn und mich. Drei Monate später begann deine Elternzeit. Du solltest dich um den Säugling kümmern. Ich schlug dir vor, du könntest arbeiten, während das Baby spielte. Es gäbe Elternräume in der Uni-Bibliothek, sagte ich. Das erschien dir unmöglich. Du hattest tausend Ideen, was du alles schaffen könntest in der Elternzeit. Die unvollendete Promotion abgeben. Endlich den Segelschein erwerben. Unsere Wohnung renovieren. Die Punkte auf dieser Liste nahmen kein Ende. Meine Zornesfalten wurden tiefer, bildeten einen Graben zwischen uns. Beim Hochschulsport akzeptierten sie deine Abmeldung. Du gingst nicht zum Segeln. Vielleicht würdest du noch leben, wenn du damals nicht das Kind gehütet hättest. Vielleicht säßen wir uns dann jetzt in unserem Büro gegenüber. Du würdest Akten ordnen, dabei schnaufen oder lautstark telefonieren und mich dann überreden, in der Mittagspause ein neues Lokal auszuprobieren. Zum Essen um zwölf tränkest du Wein und ich würde in die andere Richtung schauen. Das war eine der Ketten, die ich so häkelte in jenem Herbst, als ich dich so sehr vermisste.

Doch dann kehrst du zurück. Ich bin gar nicht verblüfft über dein Erscheinen, nur gierig und froh. Vorsichtig küsse ich dich auf die stoppeligen Wangen, den Schatten an deinem Kinn. Selbstverständlich hast du Hunger. Deine Reise war weit. Hinter den sieben Bergen hast du dich ausgeruht. Ich will dich nicht erschrecken und sage dir darum nicht ins Gesicht, dass ich dich erkannt habe. Aus den Märchen und Legenden weiß ich, dass Geister dann fliehen. Doch ich streue Brotkrumen aus und hoffe, dass du der Spur folgst und dich dann selbst zu erkennen gibst. Deshalb schlage ich das Lokal vor, das wir als letztes gemeinsam besucht haben. Du fragst nicht, wer von deinem Teller gegessen hat, wer in deinem Bett schläft. Du bist vollkommen ahnungslos. Ich will rufen: »An deinem Geburtstag haben wir hier mit den Kindern japanische Gemüsebällchen gegessen. Erinnerst du dich nicht?« Doch heute ist die Tür verschlossen. Ich bin enttäuscht und ratlos. Der Besitzer taucht auf und du erkundigst dich nach seinen Empfehlungen für ein anderes Restaurant. Und das ist das Signal. Als hätte jemand plötzlich einen neuen Filter über ein altes Bild geschoben. Du bist nicht nur ein Schatten, du bist es. Ganz real. Der Fremde, der du bis dahin warst, verwandelt sich in dich. Entzückt wende ich mir dir zu. Mir gefällt, wie du den Wirt ansprichst. Deine Worte sind weder witzig noch geistreich. Doch ich taumele bei der Tiefe deiner Stimme, dem ländlichen Singsang, der dörflichen Beherztheit, dem Vertrauen auf das Gegenüber. Ich erkenne dich hinter der Verkleidung. Der Wirt empfiehlt ein Lokal am Ende des Ku'damms. Ich reiche dir den Autoschlüssel. Und du setzt dich auf den Fahrersitz, umfasst das Lenkrad. Und spätestens da muss ich gemerkt haben, dass ich dich verwechsele. Du bist gar nicht der, der gegangen ist. Du bist nur der, der das Steuer übernimmt. Aber du hast dich so gut verkleidet. Der gleiche Bart, die gleiche Uhr, die ewigen Scherze über deinen Bauch. Die Einsamkeit, die aus jeder deiner Poren strömt, die gleichen geschmacklichen Vorlieben. Dinge, die du gern anfasst. Marmorbecken, Buchstützen in Affengestalt, dieser Nippes in ausgesuchter Form. Du willst mich von deiner Echtheit überzeugen. Ist es nicht so? Vielleicht nicht ganz. Ich brauche den Abstand, um dich sehen zu können. Wenn du dich an mich wendest, muss ich aufpassen. Denn du bist mehr als eine Verwechslung. Du kannst mich vernichten. Vielleicht ist es auch diese Gefahr, die ich aufregend finde. Die mich zu dir zieht und mich gleichzeitig abhält davon, dir zu nahezukommen. Dabei ist es so einfach für mich, dich von deinen Füßen zu holen. Ein kesser Spruch, ein tiefer Blick in deine Augen, mein Schenkel an deinen gedrückt – da kippst du einfach nach hinten um und deine Augen öffnen sich weit. Es gefällt mir, wie hilflos dich meine angebliche Unverschämtheit macht. Ich fürchte nur ein wenig, du könntest am Ende langweilig sein. Ich stelle die Bedenken zurück. Du erinnerst dich nicht an das Restaurant und an den Geburtstag, natürlich nicht. Die Kinder bekommst du nicht zu Gesicht. Dein Gedächtnis ist wie ausradiert. Ich gehe trotzdem davon aus, dass du unsere Vergangenheit spürst. Deshalb führe ich dich an unsere Orte zurück. Ich will dich von einem Geist in einen Menschen verwandeln, so wie die Geliebten es immer im Märchen, so wie auch Du-Liniang es im Päonienpavillon schafft. Dreimal nenne ich deinen wahren Namen. Dreimal horchst du auf. Dreimal fängst du an, von anderen Toten zu sprechen. Ich streiche über die Haare auf deiner Hand. Ich sehe, wie sie sich aufrichten. Sehnsüchtig strecke ich die Hand aus und mein Sehnen macht alles wahr. Du bist wieder da. Deine Gestalt legt sich wie ein Schleier über den anderen. Du kümmerst dich um mich. Du lockst ein Lächeln auf mein Gesicht. An diesem Abend, an dem ich feiern soll und mir nicht nach Feiern zumute ist. Du sitzt da im frühen Abendlicht. Der Tisch steht auf dem Bürgersteig. Keine Taube gurrt auf dem Dach. Um uns Benzingeruch, die giftigen Nadeln der Eiben am Rand des Spielplatzes, eine Kellnerin mit einem tätowierten Schmetterling auf dem Arm bringt Spanferkel und einen sautierten Fisch. Selbst dieser Schmetterling bedeutet etwas. Eine hübsch verkleidete Motte, ein Gruß aus dem Jenseits. »Nur was Kleines«, keinen Alkohol für dich. Ich will in dein Sandwich beißen. Ich traue mich nicht, darum zu bitten. Was traue ich mich noch alles nicht? In meinem Hinterkopf schwirrt es. Wie du da sitzt, mir gegenüber, bist du ganz und gar du selbst. Du isst und trinkst, als gäbe es kein Morgen mehr. Doch als deine Hand auf meine Schulter schwebt, bin ich überrascht davon, für wie zerbrechlich du mich hältst. Und für etwas ganz Besonderes. Ich mag auch diesen Trugschluss. An Schlaf ist nicht mehr zu denken. Das schöne, das unberührte Hotelbett. Du verfährst dich. Tausend Mal zwitschere ich, wie wenig mir das ausmacht. Wir folgen den Leitplanken. Wir halten erst an, als der Morgen graut. Der See, der mal schöner war als jeder andere, glitzert hinter dem Steg. Das

Schilf rauscht. Es ist nichts, wie es hätte sein sollen. Wenn du es wärst, der hier stünde, hätte ich vielleicht meine müden Augen aufgerissen, meine Arme um dich geschlungen, einen Stehblues angedeutet und dir versichert, wie sehr ich dich liebe. Wie mein Herz hüpft, wenn ich dein verquollenes Gesicht auf dem Kissen neben meinem sehe. Und weil du dich dann zu sehr gefreut hättest, beinahe verglüht wärst vor Freude, und weil ich nicht gefühlsduselig sein will, hätte ich kalt lächelnd gefragt, ob das jetzt glaubwürdig geklungen und ob meine Schauspielerei endlich deine Wünsche nach einer singenden Lerche am Morgen erfüllt habe? Du hättest dich geärgert. So wie du dich tatsächlich mal geärgert hast, auf der Wiese, oberhalb jenes Sees. Trotzdem bin ich jetzt froh, dir dort meine Liebe erklärt zu haben. Auch wenn ich den Satz mit meinem Spott tilgte, so war er mir vorher doch über die Lippen gekommen und ich kann jetzt nicht an den ungesagten Silben ersticken. Es ist wieder kein besonders gutes Wetter, wie an jenem Morgen, als du verschwunden bist, denke ich. Doch das gegenüberliegende Ufer scheint auch jetzt nah, als du dort mit mir hinschlenderst. Wir stehen dort und wir hören das Wasser glucksen unter dem Steg, wir riechen die Algen. Ich will dich umschlingen und unternehme: nichts. Während die Wolken wandern, sich prügeln und stapeln und puffen, lausche ich auf die Wellen und du treibst in einem Nachen vorbei.

Es ist mitten im Sommer und die Blütenpollen taumeln wie Schneeflocken vom Himmel herab. Die Wolken sind weiß wie Schnee, rot die Wangen tobender Kinder und schwarz ist das Wasser am Grund. Wir stehen auf dem Steg und dein Bruder geht an Land. Die anderen Camper, die ihn aus dem Wasser gezogen haben, sehe ich nicht. Sie sind nur Schemen auf ihrem Boot. Steigen sie ebenfalls aus? Klettert dein Bruder schwerfälliger als sonst auf den Steg? Was fühlt er? Er sieht dir so ähnlich und ist doch ganz anders als du. Ich stehe bei den Kindern und schaue deinen Bruder an, der sich uns nähert. Seine Haare und die Kleider kleben nass an seinem Körper. Was sagt er in diesem Augenblick? Schaut er mir in die Augen? Fasst er sich kurz? Erzählt er mir, dass ihr tatsächlich gekentert seid? Ich höre nichts. Münder werden geöffnet, Lippen bewegen sich. Meine, seine. Alles weg. Ich begreife nur, dass die Vorahnung unseres Ältesten richtig war. Du bist da draußen im See. Woher hat unser Sohn das gewusst? Wie konnte er das ahnen? War er einfach näher dran? Vom Steg aus hat er das Segel mit den Augen verfolgt. Ich war vom

Stillen abgelenkt und außerdem lag ich auf der Picknickdecke am Ufer, ein ganzes Stück von der Sichtlinie entfernt. Ich frage, wo du bist. Dein Bruder weiß es nicht. Er sagt, du seist vor ihm geschwommen. Ihr rieft nach Hilfe. Als das Motorboot der anderen Camper sich endlich näherte, nahm es nur deinen Bruder auf. Du warst verschwunden, nicht mehr auffindbar. Wasserwüste, gekräuselt vom Wind, alles gleich. Ich nicke verständig und verstehe nichts. Allmählich setzt sich um mich herum eine hektische Rettungsmaschinerie in Gang. Sirenen heulen. Polizei, Feuerwehr und Sanitäter kommen wohl an. Ich bemerke nur, dass das Ufer sich füllt. Ich sinke in den Schneidersitz auf die karierte Picknickdecke. Ich ziehe die Kinder an mich heran. Der Kleine ist unheimlich still, ganz aufmerksam. Der Große macht mir Vorwürfe. Ich hätte gleich die Notrufnummer wählen sollen, als er es verlangte. Ein flüchtiger Bekannter, der zufällig an diesem Tag den See besucht, legt mir eine Plastikflasche mit Apfelsaftschorle in den Schoß. Ich starre die Flasche an.

Verunglückter Paddler wird vermisst

Ein Bootsunglück auf dem Oberuckersee hält Rettungskräfte in Atem. Ein Paddelboot war gekentert. Ein Insasse ist gerettet, vom zweiten fehlt jede Spur.

Auf dem Oberuckersee bei W. spielt sich ein Drama ab. Nach Polizeiinformationen waren dort zwei Brüder am Vormittag zu einer Paddeltour in einem Faltboot aufgebrochen. Bei böigem Wind sei es auf der Seemitte plötzlich gekentert. Ein 48-Jähriger konnte sich ins Wasser retten. Er wurde in einem Boot ans Land gebracht. Seinen Angaben zufolge habe er seinen 51-jährigen Bruder noch kurz gesehen, doch plötzlich sei er verschwunden gewesen.

Seither ist eine aufwendige Suche im Gange. Anwohner fuhren in Booten den Schilfgürtel am Ufer ab, Feuerwehrleute aus W. und G. sind mit einem Boot auf dem See unterwegs, Taucher aus der DRK-Wasserwacht sind inzwischen ebenfalls am Unglücksort. In der Luft kreise ein Polizeihubschrauber mit Wärmebildtechnik über dem See. Bislang blieben alle Bemühungen ohne Erfolg. Obwohl noch unklar ist, ob der Berliner unter-

ging oder noch ein Stück geschwommen ist, wird die Suche fortgesetzt.

Ein Rettungshubschrauber brachte einen Notarzt zur Einsatzstelle. Für den geretteten Mann war seine Hilfe indes nicht notwendig. Er ist den Angaben der Polizei zufolge körperlich unversehrt.

Update: Ein Spezialboot mit Sonartechnik wurde am Nachmittag nach dem ersten Einsatz der Taucher angefordert. Doch auch der Einsatz dieser Technik brachte keine neuen Erkenntnisse. Geprüft wird, ob Leichenspürhunde zum Einsatz kommen können. In der kommenden Woche wird die Suche gegebenenfalls mit Polizeitauchern fortgesetzt.

Im ersten Augenblick, beim ersten Betreten des Zimmers, zucke ich zurück. Da sitzt ein Surfer, unverschämt jung und harmlos, mit langen Haaren und einem freundlichen Lächeln. Der kann mir nichts, den stecke ich mit links in die Tasche, beschließe ich und lasse mich nieder. Halbherzig ermahne ich mich zur Vorsicht. Bloß nicht einwickeln lassen von dieser womöglich vorgetäuschten Harmlosigkeit. Schließlich weiß ich selbst, wie leicht man sich hinter Fassaden verbergen kann. Ich will mich nicht verraten. Ich will nicht zeigen, wie jämmerlich und klein ich bin. Da erinnere ich mich. Du bist gestorben und ich hätte jedes Recht, zusammenzubrechen und zu heulen. Ich erwarte selbst, dass ich brülle wie ein Stier, mir die Haare raufe und nicht einmal den Löffel zum Mund führen kann. Tatsächlich zerteile ich zu Hause die Wassermelone mit dem schärfsten Messer, erzähle und plappere. Schweigen und Leere nur in mir drin. Der Surfer lächelt freundlich und hat seine Brille vergessen, deshalb rückt er seinen Sessel näher an mich heran. »Sie wirken so gefasst.« Pause. Ich runzele die Stirn. »Ihre

Disziplin hilft Ihnen, diese Situation zu bewältigen. Das ist eine Stärke. Gefährlich wird diese Fähigkeit aber, wenn Sie Gefühle wegdrücken. Denken Sie an Ihre Kinder. Ihre Aggression überträgt sich.« Ich begrüße diesen Klartext und verspreche aufzupassen, mich selbst zu überwachen. Ich beteuere, ich sei mir meiner Wut, meiner Traurigkeit, meiner ständigen Überforderung sehr bewusst. Vielleicht grinse ich sogar und behaupte, ich sei einfach gut erzogen. Zu Hause fällt dann die Tür hinter mir ins Schloss und ich bin wieder in meinem Gefängnis, hoch über den Wipfeln, abgehoben, abgeschoben, ganz oben im hohen Haus, das auf seinen Stelzen schwebt. Dort tobt gerade der Älteste, im höchsten Stock des Hochhauses, weit weg von allen, die sich auf dem Boden bewegen, weigert er sich, ins Bett zu gehen. Er lacht, kräht, scheint mir eine lange Nase zu drehen. Ich renne ihm nach, fange ihn und fühle mich dennoch verhöhnt. Und von einem Moment auf den anderen verwandle ich mich in einen Dämon. Ich brülle aus tiefster Kehle mit einer mir fremden Stimme, tief und gefährlich. Es ist eine mächtige Stimme. Eine Stimme, die Leben auslöscht. Ich brülle, bis ich nicht mehr kann. Mein Sohn starrt mich an. Und ich sehe die Angst in seinen Augen und sie richtet mich auf. Während die Freude noch in mir brennt, wird mir klar, wie schrecklich sie ist. Ich weide mich daran, für einen winzigen Augenblick Macht zu spüren. Ich fühle mich schlau genug, um das vor mir selbst zuzugeben und vor allen anderen zu verbergen. Dem Surfer berichte ich auf keinen Fall davon, denn hinter ihm wittere ich das Jugendamt, das mir die Kinder nehmen könnte. Diese ständige Angst, auch die Kinder zu verlieren, wird in diesem dämonischen Augenblick von meiner grausamen Freude verdrängt. Die Kinder weinen, ihre Gesichter lösen sich in Tränen auf, ihre Züge verkrampfen. Ich starre sie an und dann breite ich endlich meine Arme aus. Es sind die einzigen Arme, in die sie noch flüchten können. All die anderen Menschen, die Hilfe anbieten, die sich kümmern und sorgen, sind zu weit weg. Ich weiß, ich darf nicht zusammenbrechen. Ich muss jetzt Mutter und Vater sein. Felsenfest und überzeugend. Allein. Ich liege da wie ein Krake mit vier zusätzlichen Armen und Beinen, der gestrandet ist. Ein Muttergewächs, ein Kaktus, an dem die Kinder baumeln, an dem sie aufgespießt sind. Ich bin so froh, dass es die Kinder gibt. Als ich sie einmal in die Obhut meiner Eltern übergebe, entgleist mir mein Gesicht. Ich merke es nicht, doch für einen Augenblick sieht Hannes beim Verabschieden einen Schatten auf meinen Zügen. Er geht mit den

Großeltern nach draußen, aber mit jedem Schritt weg von mir wächst in ihm die Überzeugung, dass ich verzweifelt bin. Er sagt nichts. Auf dem Spielplatz hat er dann keine Lust zum Rutschen, Schaukeln oder Toben. Meine Mutter versucht herauszufinden, was ihm zusetzt. Er bittet sie, mich anzurufen. Ich hebe nicht ab. Daraufhin wird Hannes panisch. Er will sofort den Spielplatz verlassen. Er ist überzeugt, dass es mir nicht gutgeht, dass ich daran gehindert werden muss, etwas Schlimmes zu machen. Was das Schlimmste ist, das weiß er bereits. Endlich erreicht er mich und seine dünne Stimme fragt: »Mama, was hast du?« Ich stehe vor dem Kühlregal mit verschiedenen Joghurtsorten und habe keine Ahnung, wovon er spricht. Ich antworte: »Gar nichts. Ich habe nichts.« Und etwas an diesem Satz ist erleichternd. Ich höre mein Seufzen, ich ahne das meines Kindes. Wir legen auf.

Ich trete hinaus aus dem Laden in diese Stadt, in der du dreißig Jahre lang gelebt hast, deren Straßenzüge, Mauern, Gebäude und Denkmäler du studiert, vermessen, dokumentiert und erforscht hast. »Ich bin Architekt und Bauhistoriker«, hast du mir bei unserem ersten Treffen erklärt und dass deine Arbeit manchmal der eines Detektivs gleiche. Du sprachst vom Abtragen von Farbschichten, von der Suche nach alten Bauplänen im Archiv, davon, wie Hölzer, Stroh oder anderes Dämmmaterial das Alter und damit mehr über die Geschichte eines Bauwerks verraten können. Welche Spuren hast du hinterlassen, welchen Fußabdruck? Jetzt bin ich diejenige, die zurückschaut und die dennoch versucht, eine Zukunft zu erfinden. Weil ich nach außen ungerührt erscheine, behandeln mich Bekannte, Freunde und selbst meine Familie, als läge dein Tod Jahrzehnte zurück. Einmal traue ich mich mit den Kindern auf eine Geburtstagsfeier. Es gelingt mir abzuschalten, mich endlich nicht allein unter scheinbar glücklich vereinten Paaren zu fühlen. Die ganze Zeit bist du da, neben mir. Dein Schatten beschirmt mich. Doch als wir uns verabschieden, wendet sich eine der Ehefrauen an mich: »Was für wunderbare Kinder du hast. Sie sind deinem Mann wie aus dem Gesicht geschnitten. Das ist bestimmt sehr tröstlich.« Ich schweige, erschlagen von dieser ungeheuerlichen Höflichkeit. Der vorher von fröhlichem Vergessen erleuchtete Abend versinkt in Dunkelheit. Auch du gleitest in dieses Schwarz zurück. Wie Eurydike, als Orpheus sich beim Gang aus der Unterwelt verbotenerweise nach ihr umdreht. Sein Blick zurück kostet ihn das Zusammenleben. Eurydike bleibt im Reich des Todes, unerreichbar für ihren Mann. Auch ich hielt dich den ganzen Abend an der Hand, fühlte mich von dir begleitet, doch der Blick dieser anderen Mutter auf meine Kinder lässt mich wieder allein zurück. Wieso kann ich nicht wie Orpheus singen? Wieso kann ich weder Bäume noch Steine oder gar den Herrn der Unterwelt mit so einer Gabe bezirzen? Orpheus bleibt auch als Witwer heldenhaft. Eurydike ist nicht mehr als ein hübsches Flatterding. Eine Nymphe, eine anmutige Naturgottheit wird sie in manchen Texten genannt. Mir erscheint sie als planlose Muse, als eine Ansichtssache, die von Orpheus schnell geheiratet wird und dann durch einen Schlangenbiss in die Ferse genauso zügig stirbt. Als Orpheus sie aus dem Totenreich zurückholen darf, stolpert sie hinter ihm und er dreht sich aus Sorge nach ihr um. So verliert er sie für immer. Bis zu diesem Punkt kenne ich die Geschichte. Als ich den Auftrag für das Orpheus-Stück erhalte, blättere ich weiter. Eurydike ist weg, doch der Mythos erzählt nun von Orpheus irrsinniger Trauer. Er weigert sich, Eurydikes Tod hinzunehmen. Er lehnt alles Lustvolle ab. Er will, dass jegliches Leben endet, dass die Rotation des Globus stoppt. Er fängt sich nicht. Er lamentiert mit seinen Liedern, trauert stimmgewaltig um seine Frau. Gleichzeitig verschmäht er alle anderen Frauen.

Schließlich kreist ihn eine Horde berauschter Rockerinnen ein. Sie wollen ihn für sich gewinnen. Doch Orpheus beleidigt sie. Als sie ihm hartnäckig auf den Fersen bleiben, schreit er sie an. Dann beginnt er wieder zu singen, süß und verlockend. Die Zurückgewiesenen aber drehen durch. Sie schubsen ihn, schreien, wollen seinen betörenden Gesang nicht mehr hören. Sie wollen, dass Orpheus sich nicht in der Musik einspinnt. Er soll sie begehren, sich ihnen widmen und nicht der entfernten, der für immer verlorenen Geliebten. Doch Orpheus hält starrsinnig an Eurydike fest, er preist sie in seinen Liedern. Plötzlich zückt eine der Frauen eine Machete, schwingt sie bedrohlich. Orpheus folgt der Klinge mit dem Blick, staunt über ihr Glitzern in der Sonne. Niemand glaubt an das Unheil, bis es geschieht. Orpheus' Körper sinkt kopflos am Ufer nieder. Sein Schädel rollt in den Fluss. Der Kopf wird von den Wellen davongeschwemmt. Doch Orpheus' Mund schweigt nicht. Während er von dem Fluss fortgezogen wird, dann das Meer durchkreuzt, während all dessen singt er. Und seine schöne Stimme, die früher alles und jeden betörte, nervt nun selbst die Götter. Sogar Apollon, der wahrscheinlich der Vater von Orpheus und auf jeden Fall der Gott der Musik ist, befiehlt ihm schließlich zu schweigen. Orpheus' Leier schmeißt er an den Himmel. Sie wird zu einem Sternbild. Der tote Orpheus jedoch trifft in der Unterwelt wieder auf seine Eurydike. Er sieht sie, doch er lebt nicht mehr. Die Toten existieren im Hades lediglich als scheue Schatten. So stehen die Liebenden sich in der Dunkelheit gegenüber. Sie stehen und tasten, aber sie erkennen und begegnen sich nicht. Die Geschichte von Orpheus und Eurydike lese ich zunächst als die eines Untergangs. Sie birgt keinen Trost. Ich weiß nicht, was von Trost sein kann, außer uns immer wieder neu zu erfinden, dich in Spiralen und Spiegeln aufs Neue zu begrüßen. Dich einzufrieren in einem Zylinder mit Stickstoff kommt mir nicht in den Sinn. Die Hoffnung, dich so eines Tages wieder aufwecken zu können, hege ich nicht. Am besten lasse ich dich gar nicht erst untergehen. Ich halte dich am Leben mit meinen dunklen Liedern. Wie Orpheus bin ich jetzt ein singender Kopf. Dein Tod hat mich auf die andere Seite gestellt. Aber ich kann nicht singen. Meine Stimme krächzt und an jedem Arm zieht ein Kind.

An der Schaubühne schaue ich mir Katie Mitchells Inszenierung von Elfriede Jelineks *Schatten (Eurydike sagt)* an. Orpheus ist ein gefeierter Rocksänger in dieser Version und seine Frau schreibt, sie ist Schriftstellerin.

Sie steht im Schatten von Orpheus' Ruhm, sie ist die tippende Unsichtbare, die er vergisst, permanent missachtet. Erst als sie stirbt, wird sie für ihn interessant. Jetzt kann er sie in seiner hektischen Betriebsamkeit nicht in Ruhe lassen. Der Rückzug erweist sich als Eurydikes größte Stärke. Ihre Verweigerung macht Orpheus zum Rasenden. Er zerrt die Widerstrebende durch kahle Betonschächte, Aufzüge, fensterlose Korridore. Er drängt zum Licht der Scheinwerfer, er steht immer kurz vor dem nächsten Auftritt, dem nächsten Applaus. Sie mault und nörgelt, verzögert, strauchelt schließlich, ganz absichtlich. Und Orpheus muss sie gehen lassen. Es ist nicht seine Schuld, sondern ihr Wille. Sie will in die schattenhafte Nicht-Existenz zurück. Sie wählt die Freiheit der Verweigerung. Mir erscheint diese Eurydike als beredte Verwandte Bartlebys und dessen unablässigem »Ich möchte lieber nicht«. »I prefer not to.« Melvilles Bartleby war einst im Dead Letter Office angestellt, im Büro für unzustellbare Briefe; Briefe wie diesen hier, den ich an dich adressiere. Der Kampf gegen den Tod, er scheint überall bestimmend, in alle Geschichten eingraviert. Als ich mich zum ersten Mal mit dem Mythos von Orpheus und Eurydike beschäftige, erscheint mir das Thema fern, abstrakt. Doch ausgerechnet, als die Arbeit an dem Stück zum Orpheus-Mythos unmittelbar bevorsteht, stirbst du. Und wie so oft in meinem Leben kann ich nicht schreiben. Wie häufig verstumme ich. Doch die Aufführung des Musiktheaters steht unmittelbar bevor und da gibt es diesen Auftrag für mich. Der muss erfüllt werden. Der Ruf eines anderen ist eine Entlastung. Unter Vertrag pariere ich. Also schreibe ich über den Tod und über eine Frau, die zurückbleibt, die den Tod verleugnet, die ihn anschreit und bekämpft, die ihn betören will und vertreiben. Ich versetze mich in den mythischen Charakter der Hinterbliebenen, dichte ihm all die menschlichen Ausflüchte an, die eine zu Hilfe nimmt, wenn sie die Endlichkeit nicht hinnehmen will. In den Monaten nach deinem Tod schreibe ich ein Stück über den Tod. Ich fantasiere. Das Stück ist kein Lamento oder gar ein Requiem, es hat nichts Besinnliches. Es ist ein Aufschrei, ein Gedicht, das zwischen langen musikalischen Passagen, teils als Gesang, teils gesprochen, kurz aufblitzt. Starr vor Angst sitze ich in der Uraufführung. Wirst du gleich vor meinen Augen untergehen? Muss ich all das noch mal erleben? Wird das Publikum mein Unglück erkennen? Das möchte ich nicht. Doch meine Sorge ist umsonst. Gesungen von einer Sopranistin, mit traditionellen chinesischen Instrumenten, einer zeitgenössischen Komposition mitsamt einer interaktiven Licht-Show und einer Performerin in einem männlich anmutenden Marionetten-Anzug mit einem kleinen Skelett auf dem Schoß rückt die Inszenierung alles, was ich schrieb, alles, was ich tatsächlich erlebt habe, weit in die Ferne. Niemand merkt etwas. Nur die, die dich kennen, entdecken die Wahrheitsfetzen. Dein Onkel ist nach der Aufführung verstört. Doch ich bin an diesem Abend unendlich erleichtert. Das Stück anzusehen war so viel leichter, als der Inspiration dafür beizuwohnen.

Im Vorraum der Bankfiliale an der Turmstraße stauen sich die Kunden, die Schalterhalle riecht muffig, immergrüne Pflanzen stehen in Plastikkübeln mit Hydrokultur-Kügelchen aus Ton. Um unser gemeinsames Konto zu schließen, muss ich persönlich in der Bank erscheinen. Eine Frau schlurft heran, grüßt mich und ich warte auf das übliche: »Mein herzliches Beileid«. Zig Male habe ich bereits über diese Floskel geschimpft. Ich bilde mir ein, dass ich auf diesen Satz keinen Wert lege. Doch dann bleibt er aus. Die Mitarbeiterin grüßt mich lediglich und führt mich stumm zu einer Sitzgruppe. Ich warte, während sie deine Sterbeurkunde kopiert. Wenn sie auf die Daten schaut, wird sie bemerken, dass du vor weniger als zwei Monaten gestorben bist, denke ich und warte darauf, dass die Frau über ihr Versäumnis erschrickt und sich entschuldigt. Sie bringt mir das Dokument zurück. Erwartungsvoll schaue ich zu ihr hoch. Wortlos überreicht sie mir deine Sterbeurkunde. Darauf steht das amtliche Todesdatum, das nicht mit deinem tatsächlichen übereinstimmt. Ich flehe innerlich, dass die zeitliche Nähe zu diesem Datum ihr doch etwas bedeuten möge. Die Bankangestellte kramt nach etlichen Formularen, die ich unterzeichnen soll. Die ganze Zeit warte ich, dass die Frau irgendetwas zu mir sagt, meinen Verlust anerkennt. Doch sie bleibt stumm. Ich garantiere der Bank mit meiner Unterschrift, dass ich für alle Rechtsansprüche etwaiger anderer Erben hafte. Wie sich herausstellen wird, hafte ich auch für alles andere, was sich sonst noch auf diesem Konto und darüber hinaus bewegen könnte. Zu diesem Zeitpunkt ist es mir noch nicht in vollem Umfang bewusst, doch ich habe deine finanziellen und juristischen Auseinandersetzungen geerbt. Streit vererbt sich automatisch, werde ich bald lernen. Unser Jawort im Standesamt hat das besiegelt. Außer dem Wagen, dem heißgeliebten, gehören dir beinahe ausschließlich weitere schöne oder lehrreiche, aber nach deinem Tod für uns größtenteils nutzlose Dinge wie Kleider, Werkzeuge und Bücher über Architektur und Denkmalpflege. Auch das ist mir in diesem Moment nicht bewusst. Ich bin wie erschlagen von der Aussichtslosigkeit dieser fensterlosen Bankfiliale an der Turmstraße mit der Kassettendecke, vom Lärm in dem Großraumbüro, der von der zahlreichen, aufgestachelten Kundschaft hinter dem Stehpult herrührt, der trockenen Luft, die in meiner Kehle schmerzt. Gelangweilt spielt die Bankangestellte mit einem Kuli in ihrer Hand. Ich kann mich kaum auf den Text der Formulare konzentrieren. So gespannt lausche ich darauf, ob die Frau mir vielleicht doch noch kondoliert. Gleichzeitig sage ich mir, ich sei doch gar nicht wild darauf, es sei doch viel besser, nicht ständig auf dein Fehlen hingewiesen zu werden, und überhaupt sei dieses vielzitierte Beileid doch nur Heuchelei. Aber meine Selbstbeschwörung ist nutzlos. Ich hänge an den Lippen dieser Bankmitarbeiterin, die hartnäckig schweigen. Ich sage mir: Diese Frau ist grundsätzlich verstimmt. Wahrscheinlich darüber, dass sie hier in dieser muffigen Filiale ihre Stunden absitzen muss. Sie wartet nur darauf, dass ich schneller pariere. Ich beeile mich, lese die juristischen Formeln nicht zu Ende. Als die Frau mich verabschiedet, hoffe ich erneut auf eine Erwähnung deines Tods. Ich erwarte kein echtes Bedauern, doch ich giere nach der Floskel, weil sie zumindest bedeuten würde, dass der Frau bewusst wird, was ich erfahre. Murmelt sie nicht gerade etwas? Höre ich da nicht ein Flüstern? Irgendetwas, was deinen Tod betrifft. Dann erlausche ich es: Mit papierner Stimme wünscht sie mir »Auf Wiedersehen«.

Eine Freundin besucht uns. Sie wohnt ganz in der Nähe mit ihrem Mann und den Zwillingen. Wir kennen uns schon sehr lange, beinahe könnte ich sagen: Wir sind uns vertraut. Jedenfalls traue ich mich, ihr zu sagen, dass ich einsam bin und dass ich Angst habe, die Miete nicht mehr lang zahlen zu können. Ohne jedes Anzeichen von Ironie fragt sie mich, ob die reichen Gönner denn nicht schon Schlange stünden, um sich meiner und der Kinder anzunehmen? Verdutzt starre ich sie an. Was hat sie da gerade gesagt? Soll mich das aufmuntern? Ich verstehe nur, ich soll mich prostituieren. Weil mein Mund sich verschnürt und ich mich nicht wehren kann, lehne ich mich über die Brüstung unseres Balkons und zähle die Wagen auf der vierspurigen Straße. Ich hoffe, meine kalte Schulter nimmt ihr den Wind aus den Segeln, doch sie knetet ihre Lippen mit den Zähnen und fährt unerbittlich fort. Sie berichtet, dass sie weiter den Berliner Stellenmarkt durchforste und dort im Moment so viele Jobs auf deinem Fachgebiet frei seien, dass du jetzt bestimmt eine Stelle in unserer Nähe bekommen würdest, wenn du noch lebtest. Da öffnet sich der Abgrund unter mir. Ich stürze in die Tiefe und kein Boden fängt mich auf.

Ich sitze auf der karierten Picknickdecke, zwei Kinder in meinen Armen, und starre auf den See. Die Kinder geben keinen Laut von sich. Der Eineinhalbjährige bewegt sich kaum. Hannes hat aufgehört, mir Fragen zu stellen. Er wollte mit dir auf den See hinaus. »Später«, hast du gesagt. »Lass mich zuerst eine Runde mit Fabian drehen.« Jetzt bist du fort. Hannes ist hier. Mein Blick fällt auf das Getränk in meinem Schoß. Ich erinnere mich, dass es wichtig ist, etwas zu trinken. Ich biete den Kindern die Apfelsaftschorle an. Die Kinder wollen nichts. Umständlich schraube ich die Plastikflasche auf und nehme einen Schluck. Die Kohlensäurebläschen platzen an meinem Gaumen, das Gemisch aus Apfelsaft und Wasser schmeckt säuerlich-süß. Ich kenne den Autor, der mir das Getränk geschenkt hat, kaum. Vor zwei Wochen traf ich ihn zum ersten Mal, damals als Teil einer Gruppe, und weil es später gewitterte, warteten wir unter den Kolonnaden auf der Museumsinsel gemeinsam das Ende des Regens ab. Wir erwähnten unsere Familien, diskutierten, ob der Transport von Kindern mit dem Fahrrad oder mit dem Anhänger besser gelänge. Dieser Bekannte wird jetzt zum zufälligen Zeugen. Viel später treffe ich ihn auf einer Verlagsfeier erneut und präsentiere dem verblüfften beinahe Fremden unser gegenwärtiges Leben, als wäre er ein Sprachrohr in den Himmel, ein Bote ins Jenseits. Dorthin, wo du uns hörst. Ich sitze auf der Wiese am See und starre auf den grauen Horizont, suche nach deinen Segeln. Die Rettungskräfte und die Schaulustigen wuseln um uns herum. Niemand spricht mit uns. Wir sind unberührbar. Manchmal streichele oder drücke ich an den Kindern herum. Der Wind rauscht in den Bäumen. Noch immer eilen Helfer in Uniform zu ihren Booten und Fahrzeugen. Ich versuche zu ergründen, welchem Plan sie folgen. Niemand ertrinkt in diesem See. Es ist ein harmloser Badesee, kein Ozean. Das Ostberliner Bauministerium und viele weitere staatliche Betriebe schickten ihre Angestellten zur Erholung hierher. Heute flüchten die Berliner Familien auf den Campingplatz und es gibt keine innerdeutsche Grenze mehr mit Minen, Wachtürmen und Patrouillenbooten. Dieser See ist ein friedliches Planschbecken. Ich bin überzeugt, dass du uns narrst. Gleich wirst du um die Ecke biegen, grinsen und ich werde schimpfen. Eine weitere Bekannte nähert sich mir und erzählt, sie habe gehört, sie suchten nach einem Mann auf dem See. Ich sage: »Ja.

Nach meinem Mann.« Sie wiederholt: »Die Polizei, die Feuerwehr – die sind hier, weil einer im See sein soll. Einer wird vermisst.« Ich wiederhole: »Mein Mann.« Was ich sage, ist zu grotesk. Sie kann es nicht glauben. Ich kann es selbst nicht. Als sie die Situation begreift, ist sie bestürzt. Sie wagt nicht mehr zu behaupten, dass nichts passieren kann. Stumm bleibe ich weiter am Ufer sitzen. Meine Picknickdecke ist wie eine Glasglocke. Die Kinder und ich sitzen darauf, abgeschirmt und doch mitten in der Wirklichkeit. Da sind auf einmal so viele Menschen. Dein Bruder und dein Vater sind bei den Feuerwehrleuten, sie laufen durch die Gegend. Ich weiß nicht, was sie tun. Ich weiß nur, dass ich bei den Kindern bleiben muss. Doch als ich neben mich blicke, liegt da plötzlich dein nasser Strohhut. Du hast ihn auf dem Boot getragen und ihn erst vor Kurzem während unseres Zypernurlaubs gekauft. Ich erschrecke wie vor einem Geist. Wie kommt der Hut dahin? Ich werde wütend. Ein Feuerwehrmann muss ihn neben mich gelegt haben. Wie kann jemand so grausam sein? Meine Wut weckt mich wieder auf. Ich entdecke, dass da, neben uns, auch noch ein Paddel von deinem Faltboot liegt. Ich will jemanden anschreien, finde aber keinen Adressaten. Plötzlich klingelt mein Mobiltelefon. Kurz überlege ich, nicht abzuheben. Doch dann fällt mir ein, dass ich irgendwann darüber reden muss, was passiert ist. Ich will es also hinter mich bringen. Als ob die Situation damit schneller vorüberginge. Eine Mutter aus Theos Kita meldet sich. »Kannst du die Blumen für die Beerdigung abholen?« Ich erinnere mich, dass ich versprochen habe, als Elternvertreterin zur Beerdigung der Kita-Leiterin zu gehen. Die Beisetzung ist am kommenden Donnerstag. Langsam entrolle ich meine Zunge, betone die einzelnen Silben überdeutlich, als hinge mein Leben davon ab, die Worte klar auszusprechen. Ich erkläre, dass ich in vier Tagen wohl nicht an einem offenen Grab auf einem Friedhof stehen kann, dass ich es wahrscheinlich nicht ertrage, dass ich am See sitze und dass die Rettungskräfte nach meinem Mann suchen. Als ich das erzähle, merke ich selbst am Telefon, wie sie am anderen Ende der Leitung zusammenzuckt. Erschrocken stimmt sie mir zu und fragt, ob sie irgendetwas tun könne. Ihre Tochter hat uns zwei Wochen zuvor an den See begleitet. Ich erwähne das Planschen und Paddeln der Kinder im See nicht, ich werde es nie mehr erwähnen, denke aber die ganze Zeit daran. Stattdessen sage ich, dass es gerade nichts zu tun gibt. Ich raffe mich auf und verlasse die Picknickdecke, nehme die Kinder an die Hand und scheuche sie die Auffahrt zum Campingplatz hinauf. Dort stehe ich, als der zweite Anruf kommt. Wieder muss ich erklären, warum ich am Dienstag nicht zu einer Besprechung kommen kann. Einer meiner engsten Freunde ist in der Leitung. Ich arbeite mit ihm und für sein Musikensemble. Es ist das Ensemble, das das Orpheus-Stück aufführen soll. In diesem Moment am Telefon reagiert dieser Freund ebenfalls verdutzt, dann bestürzt. Er bietet Hilfe an. Und ich bin selbst verblüfft über meine Stimme. Fest und klar, viel flüssiger als sonst scheine ich zu formulieren. Als wäre ein Vorhang aus Zweifeln plötzlich angehoben worden. Es gibt nur hier und jetzt, kein Vorher und Nachher. Keine Vor- und Hintergedanken, die mir sonst die Sätze zerschneiden, wegen denen ich mich sonst pausenlos selbst unterbreche, neu ansetze, Füllwörter ächze. An diesem Tag am See spreche ich, als käme es auf die Makellosigkeit jeder Silbe an. Ich gehe zu meiner Schwiegermutter, die neben dem Wohnwagen an unserem Tisch sitzt und der die Tränen über die Wangen strömen. Ich betrachte sie, leicht irritiert. Warum weint sie? Es ist doch nichts passiert. Die Nachbarin nimmt mir Hannes ab und lässt ihn gemeinsam mit ihren Kindern im Wohnwagen einen Film gucken. Vielleicht sind es auch zwei oder drei Filme. Manchmal schaue ich auf die Uhr und wundere mich, dass es immer noch derselbe Tag ist. Ich halte Theo fest auf meinem

Arm und erkläre meiner Schwiegermutter: »Ich kann jetzt nicht weinen. Schon wegen der Kinder. Ich darf die Hoffnung nicht aufgeben.« Sie schluchzt und ich wende mich ab. Nach einem Zeitraum, der mir wie zwanzig Minuten erscheint, kommen zwei Sanitäter zu unserem Wohnwagen und sprechen mich an. »Sind Sie die Frau…?« Sie weisen mich darauf hin, dass niemand von uns mit dem Auto nach Hause fahren soll. Wegen des Schocks sollen wir uns nicht hinters Steuer setzen. Zum Abschluss des Gesprächs sagen sie noch: »Es ist jetzt drei Stunden her. Es ist sehr unwahrscheinlich, dass er noch lebend gefunden wird.« Belustigt schaue ich sie an. Beinahe hätte ich gelacht. Solche Hasenfüße. Wie kommen sie nur auf diese Idee? Natürlich lebst du. Du kannst gar nicht untergegangen sein. Du kannst doch schwimmen. Du wirst am anderen Ufer aus dem See gekrabbelt sein. Vielleicht bist du bewusstlos. Aber du lebst. Alles Leben kommt aus dem Wasser. Wie einst die Amphibien, so stelle ich mir vor, so schleppst du dich in diesem Moment an Land. Ich sehe dich am Strand des geschmackvoll sanierten Gutshauses auf der anderen Seite des Sees liegen. Diesen Ort hast du bestimmt angesteuert. Bald wirst du gefunden werden. Vielleicht liegst du im Koma und ich halte deine Hand, singe, summe bekannte Melodien, um in dein Unterbewusstsein vorzudringen und mich aufzurichten. »Spieglein, Spieglein auf dem Sand, wer ist der Schönste im ganzen Land?« Du wirst aufwachen. Ich weiß, dass du lebst. Dieser See ist kein gläserner Sarg. Nach außen spiele ich das komische Spiel der anderen mit, diese ganzen grauen Mienen. Bald werden sie sich wieder erhellen. Es ist alles eine große Verwechslung. Ich lasse mich von unserem Nachbarn in unserem Auto nach Hause bringen. Als er den Motor startet, beginnt der Kleine, der den ganzen Tag geschwiegen hat, so still und abwartend an meiner Seite war, zu schreien. Er brüllt und brüllt und nichts kann ihn beruhigen. Ich bin verzweifelt. Auch meine Brust besänftigt ihn nicht. Er schreit und in meinen Ohren klirrt das Gebrüll. Hannes krümmt sich in seiner Ecke der Rückbank zusammen und hält sich die Ohren zu. Der Nachbar mustert mich prüfend über den Rückspiegel. Ich versichere dem Fahrer und mir selbst: »Gleich beruhigt er sich.« Doch Theo schreit weiter. Und ich bin hilflos, gebe auf. »Er will nicht, dass wir fahren«, behaupte ich und weiß, dass der Kleine meine eigenen Gefühle spiegelt. »Soll ich noch einen Moment warten?«, fragt der Fahrer. Ich nicke. Die Karosserie um uns scheint vom Gebrüll zu vibrieren. In meinen Ohren hebt ein schrilles Pfeifen an. Zerstückelt meine Gedanken, bohrt sich von innen gegen meine Schädelknochen.

Ich denke an die Worte meiner Patin, an unser mögliches Ende, das ich dir verschwiegen habe. Das Auto parkte vor einem Bahnhof in einer ungarischen Kleinstadt, knapp hinter der Grenze zu Österreich. Es war Sommer und vielleicht war da gar kein Staub auf der menschenleeren Straße, doch es fühlte sich staubig an, hier zu sitzen im Mörtelgrau des Postsozialismus, das die grelle Buntheit einiger Werbebanner nur noch trostloser wirken ließ. Ich erinnere mich genau an die Szene und worin sie gipfelte. Meine Patin riet mir, dich zu verlassen, und ich konnte mich damals nicht dagegen wehren, ich konnte nicht entgegnen: »Ich erwarte ein Kind.« Das konnte ich nicht sagen, weil ich bereits eines hatte sterben lassen. Ich musste es ausschaben lassen wie Essensreste aus einer Schüssel, einer alten, gesprungenen Schüssel in meiner Mitte, die schwemmte und krampfte und zog. Ich wollte das Kind nicht hergeben, doch die befragten Ärztinnen versicherten mir, das kleine Herz habe aufgehört zu schlagen, der Embryo sei tot, verstorben in mir. Vielleicht würde die Leiche mich von selbst verlassen, aus mir hinausgleiten, doch sicherer sei es, damit Spezialisten zu beauftragen, die sicherstellten, dass kein Rest des kleinen Körpers in mir verbliebe. Die Spezialisten würden die Höhle auskratzen, dann wäre sie bald bereit für ein neues Kind. Also stimmte ich zu. Ich wollte alles so schnell und gründlich hinter mich bringen wie möglich. Dass diese Operation körperliche Schmerzen versprach, erschien mir eine gerechte Strafe für mein Versagen. Vielleicht würden die Schmerzen mich reinigen von dem viel schlimmeren Schmerz des Verlusts? Dieses Kind, dem ich schon einen Namen gegeben hatte, von dem ich annahm, dass es ein Mädchen war, und dessen Verlust ich verschwieg, weil meine Scham zu groß war. Ich hatte versagt. Der Teil von mir, dem ich am meisten vertraute, mein Körper, dieses präzise Uhrwerk, verlässlich und viel kräftiger, als er erscheint, dieser verdammte Körper hatte mich verraten und das Kind getötet, in mir. Ich war wie erschlagen von dem Verlust und von der Scham. Nur meiner Schwester musste ich erklären, wieso mein Bauch nicht weiter anschwoll. Ihr hatte ich die Wahrheit gesagt. Dass das Kind ging, dass ich verzweifelte und dass meinen Mann, dich, diese abgrundtiefe Traurigkeit ängstigte. Meine Verzweiflung verstörte dich so sehr, dass ich sie nach einigen heiseren Tränen hinunterschluckte und probierte zu funktionieren, zu vergessen und dem Kind nur noch heimlich nachsann, seiner winzigen, kurzen Existenz in mir, die sich dennoch vom ersten Moment an anfühlte, als wäre es schon ganz bei mir. Kein Zellhaufen, keine Kaulquappe, sondern ein Mensch. Im Bett zu liegen und es zu spüren, mit ihm zu sprechen, zu wissen, dass es mich verstand, dass es bei mir war, dass es wuchs, und dann zu hören: Es ist längst gegangen. Es ist nicht mehr. Weil das das Schlimmste war, was ich je verbrochen hatte, weil ich fühlte, dass es meine Schuld gewesen war, auch wenn mein Kopf mir anderes erzählte, deshalb hätte ich mir eher die Zunge abgebissen, als zuzugeben, dass ich eine Kindsmörderin war, eine Mutter, die das Kind in sich hatte sterben lassen, es nicht einmal bemerkte, die weiter summte und träumte und nicht hörte, wie etwas in ihr zerbrach. Weil ich also ein grauenvolles, verschlingendes Monster war, durfte ich nicht auf die Milde und das Verständnis meiner Patin hoffen. Ich durfte nur hoffen, dass niemand meine Fratze sah, den zum Schrei geöffneten Mund, der alles Leben in sich hineinzog, in einen schwarzen Schlund ohne Ende, ohne Anfang. Dieses dunkle Geheimnis schmerzte hinter meinem Brustbein. Es drängte hinaus. Doch ich saß jetzt in diesem parkenden Auto an einem ungarischen Bahnhof, knapp hinter der Grenze zu Österreich. Ich steckte fest auf der Rückbank meiner Patin, die den Wagen nicht verließ, weil sie überzeugt war, dass er sonst sofort geklaut werden würde. Während also meine Tante dieses ihr feindlich erscheinende Land, in dem ich damals für ein halbes Jahr lebte, ängstlich durch die Windschutzscheibe musterte und sie jeden Moment mit einem Sprung eines Wegelagerers auf ihre Kühlerhaube rechnete, während wir also in der Sommerhitze vor dem Bahnhof darauf warteten, dass es für mich Zeit würde, die Gleise zu überqueren und den einfahrenden Zug zu besteigen, der mich dann zu meinem Posten am südöstlichen Rand des Landes bringen würde, während wir also dort an der Grenze, im Niemandsland, warteten, da kam die Rede auf dich, auf die Frage nach unserem Kontostand. Ich weiß nicht, wie viel ich damals enthüllte, ob ich die Höhe deiner Schulden, die durch die Heirat unsere geworden waren, enthüllte, ich weiß nicht, ob ich vom Besuch der Schuldnerberatung sprach, ich weiß nicht, ob ich von meiner Angst vor der Unwägbarkeit deiner Firma sprach, vom Strudel deiner Freiberuflichkeit und von mir, die ich damals selbst kein festes Einkommen besaß. Ich schnitt das Thema bei meiner Patin an, weil ich wusste, dass ich schwanger war, und weil dieser Umstand all meine Sorgen ins

Unermessliche steigerte, doch ich konnte nicht einfach sagen: »Ich erwarte ein Kind.« Ich ertrug es nicht einmal, an den Verlust des anderen Kindes zu denken, und alles, alles erinnerte daran. Der smarte Business-Student, an den wir mein Arbeitszimmer vermietet hatten, während ich als Stadtschreiberin auf »Montage in der Fremde« war, um unsere Miete aufzubessern, dieser Student kam aus Panama. Pa-na-ma – das ist das Land unserer Träume. Da wohnt der kleine Tiger. Es riecht von oben bis unten nach Bananen. Doch dieses Buch rührte ich damals nicht an. Zu groß die Angst vor der Zerbrechlichkeit, vor der Sehnsucht nach dem Kinderland, nach sanftem Wiegen und einem schier endlosen Tanz mit einem wachsenden, wirbelnden Schatten, einem Gespensterwesen, das mir schon einmal zerronnen war. Und jetzt hegte ich wieder so einen zarten Traum in meinem Bauch. Ich brauchte dringend Halt, wollte selbst wieder zum Kind werden, deswegen ließ ich meine Patin meine Angst vor dem Absturz spüren, verriet aber nicht, dass wir zu dritt waren. Meine Tante, die am Steuer saß, drehte sich um und sagte, dass ich dich verlassen müsse, wenn die Situation nicht besser würde. Die Tabletten gegen deine Traurigkeit und den Alkohol hatte ich gar nicht erwähnt. Es war nur um die Habseligkeiten gegangen.

Ich hätte alles verändern können, wenn ich damals gesagt hätte: Ich bin schwanger von diesem Mann. Ich erwarte schon das zweite Kind von ihm. Das erste ist in meinem Bauch gestorben. Die neue Hoffnung war erst wenige Wochen alt. Deshalb durfte ich nichts davon verraten. Ich wusste, diese Schwangerschaft konnte morgen schon zu Ende sein und dass jeder Mitwisser meinen Schmerz über ein solches Ende vergrößern würde. Deshalb hielt ich meinen Mund, atmete flach, fühlte das Blut in meinen Schläfen pulsieren, die Nähe der Nacht in diesem staubigen Mittagsdunst. Ich hörte den schwarzen Hund winseln. Zuerst zog er sich zurück, vertrieben wohl von Schwangerschaftshormonen, die das Kind schützen sollten, von diesem feurigen Cocktail, der sich gerade erst in mir austarierte, der mich leicht weinen und schreien ließ, doch wie meistens hatte ich mich auch in dem Moment unter Kontrolle, als meine Patin aussprach, was ich ihr in den Mund gelegt hatte: »Verlass ihn.« Ich wusste, dass meine Worte sie dazu gebracht hatten, diese Konsequenz zu fordern, trotzdem veränderte es alles, wenn diese Forderung von ihr kam, während ich wie ein Kind auf der Rückbank saß. Ich sagte meiner Tante weiter nichts von den vielen Flaschen Wein und der vermaledeiten Kombination mit deinen Stimmungsaufhellern, davon, wie du den Wein in dich hineinschüttetest, während die Tabletten seine Wirkung noch verstärkten, weshalb der Beipackzettel abriet und an die mangelnde Verkehrstüchtigkeit erinnerte. Ich bewunderte, wie gut du trotzdem funktioniertest, wie vollautomatisch und wie heiter alles schien.

Der Alkohol pochte in dir, rötete dein Gesicht, schwemmte deinen Körper auf und ließ ihn über den Sessel quellen. Still, aber nicht ruhig. Ein dumpf hallender Tunnel öffnete sich in unserem Wohnzimmer über den Wipfeln des Parks, über den immer wieder aufjaulenden Alarmanlagen der parkenden Autos, die die lebenden Toten umkreisten, die mit ihren vom Heroin oder vom Crystal Meth ausgemergelten Knochenfingern die Wagentüren betasteten, bis das rote Auge im Cockpit nicht mehr blinkte, sondern blökte, es blökte und blökte. So laut, dass selbst du in deinem Tunnel es hörtest, aber für dich war es nur als Metronom wahrnehmbar, als stetiges Pochen im watteweichen Polster des Alkohols. »Natürlich…«, stimmtest du mir zu, verständnisvoll und ganz, ganz weich. »Ich trinke zu viel. Ich weiß. Ich bin einer, dem du nichts, was Spaß macht, in die Hand drücken darfst. Früher rauchte ich Kette, ich sog das Nikotin auf wie Muttermilch, als wäre es die einzige Nahrung, die einzige Erfüllung für mich, gleichzeitig erklärte ich jedem in meiner Umgebung: Na klar rauche ich viel, aber nicht Kette. Nein – Kette rauch' ich nicht. Jeder, der anderes behauptete, war hysterisch. Einmal beklagte sich meine Nachbarin: Ich rieche, wenn du das Treppenhaus benutzt hast. Und ich lachte herzlich. Was für ein grandioser Humor, was für eine Übertreibung. Ich konnte mich selbst nicht riechen. Vielleicht deshalb die vielen Fehlgriffe, das Zappeln vor Frauen, die mich nicht sahen, die nicht mehr sahen als den glimmenden Wicht, der ihnen nach sechs Wochen erklärte, er wolle sie heiraten und dann ein Kind. Mütter-Casting, wie mein bester Freund das nannte, war das mitnichten. Ich fühlte mich nie als Entscheider, sondern immer als Bittsteller. Natürlich gab es ästhetische Standards, auf deren Einhaltung ich achtete. Doch abgesehen davon, abgesehen von einer gewissen Neigung zu strengen, zielstrebigen Frauen mit Affinität zum Kulturbetrieb, abgesehen von diesem vermeintlichen gemeinsamen Streben nach Schönheit also nach deren Handhabung durch Begriffe und Formate, dem Denken in Projekten, Intervallen, die von Abrechnungen und Einreichterminen für Anträge begrenzt wurden, abgesehen also von im Grunde niedrigschwelligen Konstanten, von

Attributen, die in dieser Stadt auf Tausende, wenn nicht sogar mehr Frauen zutreffen, abgesehen von diesen Kriterien war ich, bin ich: anspruchslos. Mein Lieben ist keine Sucht, vielmehr eine Suche und der Wunsch nach Vervollständigung, nach einer Befestigung im Leben. Deshalb bin ich bereit, mich als Anker für euch über die Brüstung des Balkons im siebten Stock zu werfen, euch zu retten durch waghalsigen Einsatz. Wie ich es getan habe, als wir uns ausgesperrt hatten und du hochschwanger warst. Doch nie, nie, nie darfst du mir dabei eine Zigarette geben. Ich wäre sofort wieder dabei, würde an ihr ziehen, als gäbe es kein Morgen, könnte nicht aufhören.« Dein Unvermögen, dich zu verweigern, Nein zu sagen, war eine deiner sympathischsten Eigenschaften. Der Bonvivant, der ewig gutgelaunte Bacchus mit dem vollen Trinkhorn. Das war eine Rolle, die du gern spieltest. Laut und lachend, ein Schweiß treibender Spaß. Witze zu reißen über dich, deinen eigenen Körper, deine Schwächen, unsere Verzweiflung – das half. Wir lachten, wenn wir am Abgrund standen und in die Tiefe schielten. Wir pressten nicht unsere Daumen auf die offenen Wunden, wir streuten uns selbst Salz hinein und lachten, lachten, bis sich endlich Schorf bildete und wir schlafen konnten oder zumindest die Augen schließen und so tun, als ruhten wir. Unser Lachen war eine Waffe, gegen uns, gegen alles, was sich nicht fügen wollte. »Warum schreibst du nicht über das, was gut war? Du malst immer alles schwarz.« Ich lächelte und sagte: »Aber über das, was gut war, zerbreche ich mir nicht den Kopf. Findest du, ich beschmutze dein Nest?« »Du kannst schreiben, was du willst. Ich weiß, dass alles ganz anders war. Mach nicht alles schlecht. Mach dich mal locker. Genieß das Leben.« Du prostetest mir zu und ich war es, die davonschwebte, die nichts am Boden hielt.

Doch dann erinnerte ich mich wieder, wie sehr ich das wollte. Das Schreiben. Das Kind. Und was beides miteinander zu tun hat. Und wie wenig sich das Kinderkriegen mit der Selbstbehauptung des Schreibens verträgt. Und wie ich das Kind verlor und dann umso stärker wusste, dass ich ein Kind wollte, und wie ich Monate später wieder eins erwartete und doch so voller Angst war, voller Angst, es zu verlieren. Und wie ich diese Angst vom Schreiben her kenne. Diese Angst davor, dass mein Verlangen grenzenlos ist und deshalb bestraft werden wird, dass etwas in mir wächst und wächst und hinausdrängt und es ganz und gar für sich ist und ich es nicht beherrsche und gleichzeitig ist das alles das Allerschönste, das Unverschämteste, das ich mir vorstellen kann. Doch dann kapsele ich mich wieder ein in dieser Angst. Dieser Angst vor dem Scheitern und vor der Ungewissheit, flüchte vor dem weißen Blatt. Und diese Angst dauert viel länger und ist viel stärker als die kurzen Augenblicke des Glücks. Denn manchmal empfinde ich, selten nur, doch in diesen Momenten für die Ewigkeit konserviert wie ein Diamant, die übergroße Freude daran, etwas zu erfinden, es zu behaupten und zu formen und dann plötzlich zu spüren, dass es ein Eigenleben annimmt. Dass es fliegt. Und dann dabei, vergleichend, an meine Kinder zu denken, an ihre Eigenheit und ihre einstige Einheit mit mir, das erscheint mir, selbst in meiner göttlichen Selbstherrlichkeit des Schreibens, respektlos. Weil diese beiden, die heute noch immer meine Kleinen sind, an die ich immer als meine Babys denken werde, deren Nuckeln und Saugen ich immer präsent haben werde, auch wenn ich ihre Bartstoppeln aus dem Waschbecken wischen werde, diese beiden sind keinesfalls meine Produkte, auch wenn meine sogenannten Erbanteile sich in ihnen mit deinen vermischen und wenn alles, was ich mit ihnen erleben darf, wenn all das sich festschreibt in ihnen und auch in mir. Doch wie, das kann und will ich hier nicht beschreiben. Tatsächlich wollte ich immer schreiben. Spätestens, seitdem ich lesen konnte. Etliche

Jahre habe ich es mir selbst versagt und im Grunde versage ich es mir auf mehr als eine Art noch immer. Weil ich es mich bis heute die meiste Zeit nicht traue und Ausrede um Ausrede erfinde, um vor dem Schreiben wegzurennen. Ich traue mich nicht zu schreiben, weil es eine solche Anmaßung ist, ein solcher Luxus und auch, weil Schreiben für mich nur Sinn macht, wenn es mir selbst etwas bedeutet, und diese Bedeutung bekommt es für mich nur durch eine gewisse Härte und Schonungslosigkeit. Häufig traue ich mich nicht, weil ich beim Schreiben vor dem Nichts zu stehen scheine und es sich für Höhenängstliche nie gut anfühlt, den einen entscheidenden Schritt über die Kante des Kliffs hinaus zu gehen. »Heute scheint Schreiben recht oft nichts mehr zu sein. Manchmal weiß ich: wenn das Schreiben nicht, alle Dinge vereinend, ein flüchtiges Sprechen in den Wind ist, so ist es nichts. Wenn das Schreiben nicht jedes Mal alle Dinge zu einem einzigen, seinem Wesen nach Unbestimmbaren vereint, so ist es nichts weiter als Werbung. Meist aber habe ich keine Ansicht, ich sehe, dass alle Bereiche offen liegen, dass es keine Mauern mehr gibt, dass das Geschriebene nirgends mehr einen Ort findet, sich zu verbergen, zu entstehen, gelesen zu werden, dass seine fundamentale Anstößigkeit nicht mehr akzeptiert wird, doch weiter denke ich nicht.«

Es gibt keinen Schrei, kein Glucksen. Nur eine karierte Picknickdecke. Und zwei Kinder in meinen Armen. Ich bin still. Aber nicht ruhig. Über uns der graue Himmel, unter uns das Gras. Ich fühle meine Haut erblassen, wächsern werden, kalt. Der Kiel deines Bootes hüpft nicht mehr über das Wasser, der Wind greift nicht mehr in die Segel. Schnell, schneller noch sind sie verschwunden am Horizont. Kein Punkt mehr, den mein Auge ausmachen könnte. Nichts. Ich frage nach dir. Plötzlich verschwindet mein Stammeln. Die Silben fließen in höchster Konzentration. Die tatsächlich vollkommene Abwesenheit ist. Die Worte der Menschen um uns herum sind ein lautes Summen. Die Sirenen heulen, der Propeller eines Hubschraubers über mir knattert. Er peitscht das Wasser des Sees weiter auf. Nichts dringt von innen nach außen. Nichts bleibt. Ich bin still. Aber nicht ruhig. Die grundlegendste Eigenschaft von Wasser ist nicht die Schwerelosigkeit, die wir in ihm empfinden. Die grundlegendste Eigenschaft von Wasser ist seine Kraft.

51-jähriger Berliner nach Bootsunglück im Oberuckersee vermisst

Feuerwehr und Rettungstaucher suchen seit Sonntag nach einem Mann, der mit einem Begleiter mit einem Faltboot gekentert ist

Am Oberuckersee in der Uckermark wird seit Sonntag ein 51-jähriger Paddler aus Berlin vermisst. Der Mann war mit einem Begleiter mit einem Faltboot von einem Zeltplatz in Richtung Burgwall gepaddelt. Aus bislang unbekannten Gründen kenterte das Boot etwa 150 Meter vom Ufer entfernt, wie die Frankfurter Polizei mitteilte. Gegen elf Uhr seien die Beamten alarmiert worden. Der Begleiter konnte nach Angaben der Polizei ans Ufer schwimmen, doch der Mann blieb verschwunden.

Am Sonntag suchten Feuerwehr, Wasserwacht, Taucher, die Wasserschutzpolizei und eine Rettungshundestaffel gemeinsam den See ab, auch ein Hubschrauber war dabei im Einsatz. Gegen 23 Uhr wurde die Suche wegen der Dunkelheit abgebrochen und am Montagmorgen fortgesetzt. Auch das Ufer des Sees werde abge-

sucht, sagte ein Polizeisprecher. Am Montagnachmittag war der Einsatz noch nicht beendet.

Der Schock deines plötzlichen Todes, die Ungeheuerlichkeit deines Sterbens erschüttert selbst zufällige Bordstein-Bekanntschaften. Hilfe und Schutz kommen von allen Seiten. So viele Freunde, Nachbarn, Verwandte, Bekannte, Kollegen, andere Eltern aus der Kita und der Grundschule, Erzieherinnen, Lehrerinnen, Therapeuten und weitere Menschen kümmern sich um uns. Wir werden umfangen. Deine Trauzeugin und ihre Familie werden zu unserem Sicherheitsnetz. Viele andere helfen mit kleinen und großen Gesten, mit Besuchen und Erledigungen. Die Hilfsangebote an uns wären nach einem langsamen, qualvollen Siechen und letztendlichen Versterben an einer Krankheit wohl nicht so überwältigend. In gewisser Weise hätte sich unser Umfeld in diesem Fall an den Tod gewöhnt, würde ihn womöglich als Erlösung empfinden. In unserem, in deinem Fall aber rechnete niemand mit dem Verlust. Und ich bin dankbar für jede Stunde, die sich jemand für uns Zeit nimmt, jede Mahlzeit, jeden Handschlag, jede Vorzugsbehandlung. Trotz aller großzügigen Hilfe und Unterstützung bleibt bei mir das vorherrschende Gefühl das der Überforderung. Ich habe Angst, dass mir alles entgleitet. Ich befürchte weiter insgeheim, dass das Jugendamt mir die Kinder wegnimmt. So ausgeliefert fühle ich mich Ämtern und Versicherungsträgern. Aber es ist nicht nur das: Ich weiß, dass ich in dieser Zeit keine gute Mutter bin, sondern ein brüllendes Untier, und dass nur meine Fähigkeit, die Fassade zu wahren, das vor anderen verbirgt. Ich habe Geldsorgen. Ich finde nichts mehr. Alles ist in Unordnung. Ich verzweifele an den kleinsten Dingen. Als es kalt wird, stellt sich heraus: Ich kann nicht einmal die Heizung anmachen ohne dich. Du hast ein smartes Spar-Ventil montiert, dass du über dein Telefon gesteuert hast. Dein Telefon existiert nicht mehr. Und ich brauche fremde Hilfe, um dieses Ventil wieder loszuwerden. Ich bin vergesslich, ständig abgelenkt vom Horrorfilm im Hintergrund. Meine Eltern bieten an, mich mit einem gewissen Betrag monatlich zu unterstützen. Ich bin froh über das Angebot, will es aber auf keinen Fall in Anspruch nehmen. Seit meinem zweiten Studienjahr habe ich mich immer selbst finanziert. Meine wirtschaftliche Unabhängigkeit ist mir wichtig, gerade meinen Eltern gegenüber. Gleichzeitig habe ich Angst zu verarmen und den Kindern weder vernünftige Kleidung, medizinische Versorgung noch Ausbildung finanzieren zu können. Meine Angst vor dem sozialen Abstieg prägt sich auch den Kindern ein. Bis heute ist Hannes derjenige, der in der Schule die stehengelassenen Pfandflaschen seiner Mitschüler einsammelt und der nicht mitgeht, wenn die anderen in Freistunden ins Einkaufszentrum gehen, um dort fünf Euro für einen Becher Bubble Tea auszugeben. Schon als Siebenjähriger hat er begriffen, dass er später mehr Geld als ich verdienen sollte, und passt seine beruflichen Fantasien dem an. Meine grundlegende Panik, dass unser Lebensstandard sinken und damit unser soziales Umfeld und unsere Handlungsmöglichkeiten sich einschränken werden, schlägt sich bis auf meine kleinsten Entscheidungen nieder. Alles fällt mir schwer, ist belastet. Gleichzeitig gönne ich mir kaum Ruhe. Es ist einfach keine Zeit dafür da. Wenn die Kinder endlich schlafen, räume ich auf, decke den Tisch für den nächsten Tag, räume die Spül- und die Waschmaschine aus, schmiere Pausenbrote, lege die Wäsche zusammen, koche vor. Trotzdem ist niemals alles in Ordnung, niemals alles organisiert. Ich versuche, meine eigenen Ansprüche an Ordnung und Haushaltsführung herunterzufahren und mir den Alltag so einfach wie möglich zu gestalten. Ich trenne den Müll nicht mehr, weil ich ihn aus dem siebten Stock bis zum Müllplatz schleppen muss und das mit einer statt zwei tropfenden Tüten und zwei Kindern plus dem üblichen Wanderrucksack mit der Ausstattung für den Tag auf meinem Rücken leichter zu bewältigen ist. »Nehmt, was ihr jetzt kriegen könnt – in einem Jahr wird euch niemand mehr so bereitwillig helfen wollen. Die Schonzeit ist dann vorbei.« Die Worte aus der Trauergruppe klingeln in meinen Ohren. Es ist noch kein Jahr vergangen. Ich nehme alles an, was mir und den Kindern angeboten wird. Doch das Gefühl der Überforderung weicht nicht. Ich bin ständig angespannt, müde. Ich spüre den kalten Atem des Mammuts in meinem Nacken, die spitzen Stoßzähne piksen mich schon. Ich versuche zu fliehen. Ich schicke dem Jugendamt einen Brief, der in unsere Akte kommt. Darin halte ich fest, wer die Vormundschaft für unsere Kinder bekommen soll, wenn mir etwas zustößt. Die Leitung der Trauergruppe hat dazu geraten. Das Jugendamt in unserem alten Bezirk heftet den Brief kommentarlos ab. Als wir umziehen, schreibe ich erneut einen solchen Brief an das örtliche Jugendamt. Nach Wochen ruft mich eine entnervte Sachbearbeiterin an und fragt, was mein Schreiben bedeuten soll. Sie könne es keinem Vorgang zuordnen. Also erkläre ich unsere familiäre Situation und die Empfehlung der Trauer-Expertin noch einmal. Die Sachbearbeiterin bleibt dabei: Sie könne mein Schreiben keinem Vorgang zuordnen. Wir sind keiner ihrer Fälle und damit nicht aktenkundig. Sie behauptet schließlich, es sei unwahrscheinlich, dass unsere Kinder in staatliches Gewahrsam kämen, selbst wenn ich nicht mehr ansprechbar und der Vater verstorben sei. Sie schlägt vor, ich solle mir keine Sorgen machen und sie werde mein Schreiben vernichten. Ich murmele etwas, das ihr als Zustimmung genügt. Ich spüre ihre Erleichterung: Der Vorgang ist abgeschlossen. Unsere Kinder hängen in der Luft.

Es hätte tatsächlich alles schon vor dem See enden können. Die Frau wäre dann schuld gewesen oder vielmehr ihre Eile, ihre ewige Hetze. Sie hatte damals als Letzte die Wohnung verlassen und die Tür hinter sich zugeknallt. Der Schlüssel aber steckte von innen im Schloss. Auch mit dem Schlüssel des Mannes ließ sich die Wohnung nun nicht mehr betreten. Sie hatten sich ausgesperrt. Die Frau fühlte sich sofort obdachlos. Sie war hochschwanger. Die Wohnung lag im siebten Stock eines Hochhauses. Obwohl die Balkontür offen stand, war es unmöglich, die Wohnung durch sie zu betreten. Der Mann schien ratlos. Mit ihrem kugelrunden Bauch zwischen den Knien saß die Frau auf einer der Treppenstufen vor der Wohnungstür, verzweifelt, zerknirscht über ihren Fehler, stützte sie ihren Kopf in die Hände und suchte im Internet nach einem Schlüsseldienst. »Warte kurz«, sagte der Mann und verschwand. Er stieg nach oben, wo der durchlaufende Dachboden die insgesamt sechs verschiedenen Treppenhäuser des Scheibenhochhauses verband. »Was machst du?«, fragte die Frau, schon in die widerhallende Leere hinein. Denn während sie sprach, fiel oben schon die Feuerschutztür hinter ihm ins Schloss. Sie war allein. Auf dem Dachboden über sich hörte sie seine Schritte, dann das Schlagen einer zweiten Tür. Es war wohl die vom nächsten Treppenhaus. Dann wieder Stille. Was hatte er vor? Warum ließ er sie zurück? Wollte er versuchen, die Tür mit einer Plastikkarte zu öffnen? Da der Schlüssel von innen steckte, war das aussichtslos. Sie hatte keine Ahnung, was er vorhatte. Während sie allein im Treppenhaus wartete, ärgerte sie sich zuerst über sich selbst, dann über den Mann, der ihren Aufbruch verzögert hatte, weil er seine Manschettenknöpfe nicht finden konnte, über die Kosten für den Schlüsseldienst, der am Sonntag besonders teuer sein würde, und am Ende ärgerte sie sich sogar über den Architekten des Gebäudes, Oscar Niemeyer, der ihr Haus zwar formschön, aber unpraktisch gestaltet hatte. Sie wusste, dass sie ihm damit Unrecht tat, denn Niemeyer hatte eigentlich Aufzüge in jedem einzelnen Treppenhaus eingeplant, doch die waren zu teuer gewesen und vom Auftraggeber gestrichen worden. Die Aufzüge hätten ihr jetzt auch nicht geholfen. Anklagend starrte sie auf das luftige Geländer des offenen Treppenhauses, das heute auch nicht mehr genehmigt worden wäre. Es hieß, es sei schon mal ein Kind hindurchgestürzt.

Angeblich war es einige Stockwerke tiefer unverletzt wieder aufgefangen worden. Während sie die Wahrscheinlichkeit dieser nachbarschaftlichen Legende abwog, öffnete sich plötzlich ihre Wohnungstür von innen. Der Mann stand grinsend im Türrahmen. Seine Wangen glühten vor Stolz. Er deutete eine Verbeugung an. Die Frau starrte ihn an wie eine Erscheinung. »Wie bist du … was hast du … wo?« »Die Nachbarn haben mich reingelassen und die Betonwand zwischen unseren Balkonen ist nicht dick. Franz hat mich gesichert, als ich mich bei ihnen aufs Geländer gestellt habe. Es gab nur einen wackeligen Moment, als ich außen auf der schmalen Kante des Geländers stand und dann das Bein lösen musste, um auf unsere Seite zu gelangen.« Die Frau schnappte nach Luft. Er fuhr fort. »Das war nicht gefährlich. Ich kenne das vom Aufentern. Wir sind in der Takelage immer über zwanzig Meter hoch in der Luft. Ich hab da noch nie die Sicherung gebraucht.« Das beruhigte die Schwangere nicht. »Du hättest abstürzen können. Was wäre dann aus dem Kind und mir geworden?« »Ich bin doch hier. Alles ist gut.« Er war sehr zufrieden mit sich und auch sie war insgeheim erleichtert, dass sie sich den Schlüsseldienst nun sparen konnten. Aber warum hatte er ihr nicht wenigstens Bescheid gesagt? »Weil du es mir nicht erlaubt hättest. Und ich wusste, es passiert nichts. Sonst hätte Franz mir auch nicht geholfen.« Der Nachbar war ein ruhiger, vernünftiger Mann. Die Frau beschloss, nicht mehr böse zu sein. Sie brachen endlich auf zu der Taufe, zu der sie eingeladen waren. Sie betraten die Kirche beim Läuten der Glocken. Und während die Orgel spielte und auch noch beim Vaterunser, dachte die Frau an die Taufe des ersten Kindes derselben Familie. Während des gesamten Gottesdienstes damals hatte sie geweint. Sie hatte versucht, still vor sich hin zu schluchzen, während das Kind vorn mit dem Weihwasser besprenkelt wurde und die anderen Gäste sangen, die Orgel spielte, alle froh und glücklich zu sein schienen. Damals stand noch ein anderer Mann an ihrer Seite und sie hatte geweint, weil ihr dort in der Kirche klar geworden war, dass sie mit diesem Mann niemals ein Kind bekommen würde. Weil sie keinem Kind solche Eltern zumuten konnte. Ob sie je ein Kind bekommen würde, konnte sie da gar nicht wissen. Und als sie das begriffen hatte, dauerte es dennoch viel zu lange, bis sie die Konsequenz begriff, dass sie nämlich auch sich selbst eine solche Beziehung nicht zumuten wollte. Letzten Endes war sie gegangen und hatte so den Weg zu dem neuen Mann an ihrer Seite frei gemacht. Deswegen drückte sie jetzt die Hand dieses Mannes besonders fest, während sie seinem tiefen Bass beim inbrünstigen Singen der Kirchenlieder lauschte. »Ich bin froh, dass du nicht abgestürzt bist«, raunte sie in sein Ohr. Er grinste und meinte: »So leicht wirst du mich nicht los.«

Ich weigere mich, von deinem Tod auszugehen. Du kannst nicht untergegangen sein. Du versteckst dich bloß, foppst uns ein wenig und willst dann deine Rückkehr feiern. Ich kenne dich doch. Du kannst schwimmen. Und der See ist klar, voller badender Kinder, ohne jede Gefahr. Meine Eltern warten in unserer Wohnung, als wir an diesem Sonntag vom Campingplatz zurückkehren. Es wird Abend und ich habe wieder dieses merkwürdige schlechte Gewissen. Diesmal, weil ich problemlos einschlafe. Die Kinder liegen neben mir im Bett. Dein Bruder ist mit deinen Eltern in deren Auto gestiegen. Sie ignorieren das Verbot der Sanitäter und fahren Hunderte Kilometer gen Westen. Ich habe nicht die Kraft, sie aufzuhalten. Obwohl ich befürchte, dass sie einen Unfall haben werden. Doch ich verstehe, was deine Eltern und deinen Bruder flüchten lässt. Zu Hause ist alles unverändert, nur leerer. Ich warte darauf, dass du wieder auftauchst. Trotzdem fange ich an auszusortieren und triumphiere innerlich dir gegenüber, weil ich endlich bestimme, was hässlich und überflüssig ist. Doch während ich all den Ballast in die Mülltonnen werfe, warte ich darauf, dass du vor der Tür stehst. Du wirst grinsen, deine Augen werden schmale Schlitze sein und du wirst dich an unserer Erleichterung weiden. »Reingelegt.« Und ich werde wohl schimpfen. Über deinen Streich, über den eingejagten Schreck.

Einen Tag nach deinem Verschwinden fahre ich mit meiner Schwester und den Kindern zu einem Kletterpark. Theo hängt an meiner Hand. Mit seinen eineinhalb Jahren kann er hier noch nicht klettern. Hannes bekommt eine Einweisung und das Klettergeschirr. Doch er zögert schon am ersten Absprung. Er traut sich nicht, kann sich nicht fallenlassen. Ich drohe, ärgerlich zu werden. »Verdammt noch mal, du bist doch eingeklinkt, du hast ein Sicherheitsseil«, will ich rufen. Stattdessen säusele ich und murmele beruhigende Formeln: »Du schaffst das. Du kannst das. Lass einfach los. Du schaffst das.« Er hat Angst. Seine Stimme zittert. Hinter ihm erklimmen weitere Kinder das Podest. Er muss sich beeilen. Oder aufgeben. An der ersten Station. Die anderen Kinder schauen sich hilfesuchend nach ihren Eltern um. Was sollen sie tun? Den Zögernden runterschmeißen? Niemand rührt ihn an. Der gerade Siebenjährige wirft sich selbst in die Tiefe. Und saust an einer Seilbahn über den Abgrund. Danach ist das Eis gebrochen. Er klettert weiter, wird geschickter, mutiger, und kein einziges Mal fällt dein Name. Wir stehen im Wald, riechen das Harz, hören die Kinder in den Wipfeln jauchzen, Sonnenstrahlen fallen durch das Blätterdach, sprenkeln unsere Haut. Du lebst noch. Denn die Taucher suchen weiter vergeblich nach deiner Leiche. Es ist bereits Montag. Es wird Dienstag, dann Mittwoch. Die Polizei hat versprochen, dass sie mich anrufen wird. Ich rufe selbst an. Doch es gibt keine Neuigkeiten. Beruhigt lege ich auf. Am Donnerstag dann klingelt das Telefon und ich sehe, dass es dein Bruder ist. Deshalb gehe ich ran, obwohl ich gerade herzhaft in ein Schinkenbrot gebissen habe. Mein Mund ist voll. Ich habe nichts zu befürchten. Doch dein Bruder sagt, dass die Polizei ihn informiert hat. Ich verschlucke mich, würge. Die Taucher haben eine Leiche im See gefunden. Sie lag in achtzehn Metern Tiefe. Noch ist sie nicht identifiziert. Der Staatsanwalt hatte bisher keine Zeit dazu. Ich frage, ob ich hochfahren soll? Muss ich ins Leichenschauhaus, so wie in unzähligen Krimis gesehen? Nein, das wird nicht nötig sein. Die Person trug ihren Ausweis bei sich. Ich würge das halb zerkaute Brot hinunter. Diese Person kannst nicht du sein. Das ist unmöglich. Das hätte die Polizei doch gesagt. Außerdem haben die Beamten versprochen, dass sie mich anrufen. Das haben sie nicht getan. Sie haben nur meinen Schwager über den Fund informiert und ihm dann versprochen, dass sie sich melden, wenn die Identität bestätigt ist. Schluchzend lege ich auf. Zum ersten Mal bröckelt meine Überzeugung, dass du lebst. Doch den Kindern sage ich nichts davon. Ich weigere mich, deinen Tod zu verkünden. Denn offiziell ist er noch nicht bestätigt. Die Polizeibeamten haben versprochen, dass sie mich anrufen. Sie haben es versprochen. Das können sie nicht vergessen. Sie müssen die Identität noch bestätigen. Bis dahin ist nichts sicher. Ich warte auf diesen Anruf. Doch er kommt nie. Kein Polizeibeamter ruft mich an. Keine Beamtin verkündet mir deinen Tod. Doch plötzlich piept mein Telefon. »Herzliches Beileid« schreibt mir eine Familie, deren Tochter bei uns babygesittet hat. Ich starre auf den Satz. Mich trifft die ganze Wucht seiner Endgültigkeit. Schließlich schreibe ich zurück und frage, woher sie diese Information haben. »Aus dem Internet.« Ich erfahre, dass dein Tod bereits in den Nachrichten verkündet worden ist.

In 18 Metern Tiefe! Taucher finden vermissten Paddler (51) tot in See

Seit Sonntagvormittag wurde ein Berliner (51) vermisst, der mit seinem 48-jährigen Bruder mit einem Faltboot auf dem Oberuckersee gekentert war und seitdem fieberhaft gesucht wurde. (Tag24 berichtete) Jetzt die traurige Gewissheit.

Taucher hatten den Toten am Mittwoch in 18 Metern Tiefe auf dem Grund des Sees in der Uckermark entdeckt, wie die Polizei Neubrandenburg am Donnerstag mitteilte.

Der 51-jährige Dauercamper war mit seinem jüngeren Bruder bei böigem Wind ohne Rettungsweste von einem Zeltplatz aus mit dem Boot gestartet, ehe das Boot rund 150 Meter vom Ufer entfernt umkippte.

Vermutlich hatte ein heftiger Windstoß ins Segel das Boot zum Kentern gebracht.

Während sein Bruder von der Besatzung eines Motorboots gerettet werden konnte, versank der Berliner in dem trüben Gewässer.

Trotz umfangreicher Suchmaßnahmen von Polizei,

Feuerwehr, Wasserwacht, Rettungshunden und Anwohnern mit Booten wurde der Vermisste zunächst tagelang nicht gefunden.

Ich bin Anfang vierzig und ich will nicht verwitwet sein. Es widerstrebt mir, diesen Familienstand anzukreuzen. Ich will weder allein noch ein Trauerkloß sein. Was will ich denn? Was stört mich so sehr an diesem Begriff? In der Bibel steht »Ehre die Witwen, die allein sind.« Und weiter: »Eine aber, die ausschweifend lebt, ist lebendig tot.« Die Brüder Grimm zitieren Gottfried Keller: »Ich bin eine junge witfrau, die aus langer weile schon mehr als eine thorheit begonnen hat.« Das hebräische Wort für Witwe ist angeblich beinahe ein Schimpfwort. Im Alten Testament lese ich von der jungen und schönen Witwe Judit, die den König Holofernes verführt und enthauptet, um das Volk Israel zu retten. Der Kirchenlehrer Hieronymus überarbeitete ihre Geschichte vor tausendsechshundert Jahren so stark, dass von dem Original nur etwa die Hälfte übrig blieb. Ursprünglich zog Judit sich allein zum Gebet zurück. Sie nahm sich einen Raum für sich. Ungefähr vierhundert Jahre nach Christi Tod übertrug Hieronymus die ursprünglich griechischen und hebräischen Schriften in eine vereinheitlichte lateinische Version, die Vulgata. Dabei veränderte er diverse Passagen. Dass Judit sich allein zum Gebet zurückzog und damit ohne Überwachung war, erschien ihm wohl zweifelhaft. Deshalb fügte er in seiner Version ein paar weitere Frauen dazu. Hätten die Menschen in der Frühen Neuzeit das Wort »Witwe« in ihrem Browser eingeben können, wäre es wohl automatisch durch folgende Begriffe ergänzt worden: Elend und Wollust, Trauer, Armut und Alter, Lebenslust, Sinnlichkeit, Schutzbedürftigkeit, Keuschheit, Frömmigkeit, Magie und Hexerei. Die Witwe muss allein bleiben und leiden, sonst ist sie gefährlich, ein tollwütiges Geschoss, das Chaos stiftet, die Ordnung zerstört. »Lamm Gottes, du nimmst hinweg die Sünde der Welt, erbarme dich unser. Lamm Gottes, du nimmst hinweg die Sünde der Welt, gib uns deinen Frieden.« Meine Großmütter trugen jahrelang Schwarz nach dem Tod ihrer Männer. Manche Frauen ihrer Generation trugen es lebenslang. Ich trage Schwarz zu deiner Beerdigung und sonst nur, wenn es mir gefällt. Stattdessen ziehe ich deine bunten Socken an. Sie sind mir zu groß und durch den überschüssigen Stoff scheuere ich mir Blasen an den Fersen.

Während ich versuche, mir nicht vorzustellen, wie du gestorben bist, probiere ich es mit einem bösen Gegenzauber. Ich fange an, mir vorzustellen, wie es sich wohl anfühlt, auf einem Scheiterhaufen zu sterben. Was würde ich tun, wenn mir nach dem frühen Tod meines Mannes das ganze Dorf die Schuld an seinem Sterben gäbe und ich wüsste, dass sie mich mit ihm verbrennen wollen? Ich kann mir das nicht vorstellen. Ich weiß nicht, wie es sich anfühlt, auf einem solchen Scheiterhaufen neben meinem toten Ehemann zu liegen. Würde ich schreien und mich wehren? Würden die Dorfältesten mich fesseln und mit Drogen betäuben lassen? Ich versuche mir zu erklären, dass dieser Brauch auf wirtschaftlichen Notwendigkeiten beruht. Witwen kosten, sie verdienen nichts. Das ist die Logik hinter diesem Ritus. Ich stelle mir vor, wie das Feuer emporzüngelt und mein Fleisch versengt. Tausende von Schaulustigen schauen begeistert zu. Sie bewundern mein Sterben als Beweis wahrer Hingabe und ewiger Liebe. Nachdem meine Schreie verstummt sind, mein Fleisch verkohlt und die Knochen schwarz gefärbt vom Ruß aufragen, errichten die zahlreichen Pilger an dieser Stelle einen Schrein. Andenken werden verkauft, Amulette mit Bildern von dir und mir darauf oder Postkarten mit unserem Konterfei. Ich versuche mir vorzustellen, wie ich mich durch meinen Tod in den Flammen in den Augen der anderen in eine Heilige verwandele. Und wie ich nach meinem Tod plötzlich als ungemein wertvoll gelte. Zehntausende pilgern zu meinem Schrein, um mich anzubeten. Imbissbuden versorgen die hungrigen Bewunderer, Frauen opfern an dem errichteten Tempel ihre Hochzeitsschleier, sie wollen von mir mit Eheglück und Kindern gesegnet werden. Einen Moment lang verliere ich mich in diesem Albtraum. Dann bin ich wieder in der Wirklichkeit, in der lediglich der seelische Schmerz, die Erschütterung sich ins Unendliche dehnen und mir der Umzug in eine kleine und laute Sozialwohnung droht.

Boot am Sonntag gekentert

Vermisster Berliner tot im Oberuckersee gefunden

Bei der im Oberuckersee entdeckten Leiche handelt es sich um einen vermissten Berliner. Das teilte die Polizei am Donnerstag mit.

Taucher hatten den Toten am Mittwoch auf dem Grund des Sees in der Uckermark entdeckt.

Der 51-jährige Dauercamper war am Sonntag mit einem Angehörigen von einem Zeltplatz aus mit einem Boot unterwegs gewesen, als es auf dem See kenterte. Der andere Mann konnte von einem anderen Motorboot gerettet werden. Seither hatten Taucher, Wasserschutz und andere Kräfte nach dem Vermissten gesucht.

Ich will die Schlagzeilen nicht lesen. Ich will sie nicht hören. Ich will sie nicht sehen. Doch ich muss wissen, ob die Bekannten Recht haben. Also gebe ich im Internet den Namen des Sees, »Boot« und »ertrunken« ein. Sofort erscheint eine lange Liste von Meldungen. Die Presse wurde bereits über deinen Tod informiert. Nur mich wollte offenbar niemand anrufen. Ich stelle mir vor, wie die Beamten in dem Polizeirevier sich gegenseitig drohten, eine Münze zu werfen, und letzten Endes niemand die Aufgabe übernahm. Dein Name wird in den Zeitungsberichten nicht genannt, doch dein Wohnort und beinahe alle anderen Details stimmen. Da steht, dass ein Familienvater ertrunken ist, dass er keine Rettungsweste trug und dass es sich um ein Paddelboot handelte. Von den beiden Masten und den Segeln ist in den Zeitungsartikeln nie die Rede. Gierig fahnde ich nach Einzelheiten, die nicht stimmen, mir ist jede Kleinigkeit recht, die weiter Zweifel an deinem Unfall erlaubt. Die Taucherstaffel hat die Leiche in achtzehn Metern Tiefe geborgen. Angeblich ist das Boot nur hundertfünfzig Meter vom Ufer entfernt gekentert.

Doch die Altersangaben stimmen nicht. Kurz keimt Hoffnung in mir, dass es sich um eine Verwechslung handelt. Die Fernsehbeiträge schaue ich mir nicht an, die Radioberichte meide ich ebenso. Auf Anraten einer Freundin sehe ich mir aber das Statement des Leiters der Taucherstaffel an. In einem Fernsehinterview erklärt er, dass es unmöglich sei, auf dem Wasser Entfernungen abzuschätzen. Er deutet hinter sich und zeigt auf die Insel, die beinahe am anderen Ufer liegt. Er steht ungefähr da, wo unsere Picknickdecke lag. »Wie weit ist es bis zur Insel? Es sieht aus wie zweihundert Meter. Tatsächlich sind es aber achthundert. Am Unfalltag herrschte böiger Wind. Bei solchen Wellen würde ich selbst mir – einem Profi-Schwimmer – diese Strecke nicht zutrauen.« Du warst kein guter Schwimmer. Ich erinnere mich, wie du neben mir im Wasser Mühe hattest, an meiner Seite zu bleiben. Wie ich dich neckte und darüber spottete. Als kleiner Junge zögertest du, das Schwimmbecken zu betreten. Der Bademeister packte dich daraufhin und schmiss dich hinein. Du gingst unter.

Jetzt wohnst du in meinem Kopf. Dort rumorst du und machst dich immer schöner, jünger, einzigartiger. Deine unbedingte Liebe, dein Dasein für mich. Wie ich dich schnitt und du mir immer und immer wieder und ich dir immer und immer wieder vergeben habe. Wie du mich immer und immer wieder, in der größten Not, in der tiefsten Schlucht am Ende meiner Kräfte, wie du mich da an die Hand, wie du mich da immer noch, immer wieder, geliebt, wie du mich da zum Lachen, immer und immer wieder dieses Lachen, das tiefe Lachen aus deiner Brust. Wie rot und rund deine Wangen wurden, wie kräftig dein Körper, und wie ich doch auch immer den kleinen Jungen sah, den der Schwimmlehrer ins Becken warf, wo er unterging, um ein Mann zu werden. Ein Kerl – das bedeutete letzten Endes: Der Vater, der unterging. Der zu müde war und trotzdem weitermachte, weiter rastlos streifte und hastete, der zu müde war, zu müde. Schlaflos. Kopflos. Ich nehme die Kinder an die Hand. Ich zerre, keife, zwinge uns. Weiter. Ich mache weiter. Ich funktioniere. Mir geht es gut. Ich werde uns behaupten. Ich zeige allen, wie gut es mir geht. Auf mich könnt ihr zählen. Ich bin froh. Frohen Muts. Ich mache weiter. Schlaflos. Kopflos. Ohne Rast. Das Leid lehne ich ab.

Alles schmeiße ich in die Tonne. Deinen alten Bademantel, die frisch gebügelten Hemden, die Bewerbungsunterlagen für die Stelle in unserer Stadt, die ein Kollege bekam. Doch als ich den Kühlschrank öffne, stocke ich. Da steht dein halb aufgegessenes Glas mit Leberwurst. Ich starre auf die stinkende, graue Masse. Wenn du sie verschlangst, errichtete ich eine Sichtbarriere auf dem Tisch, hielt mir die Nase zu, markierte ein Würgen. Ausgerechnet diese verhasste Paste kann ich nicht vernichten. Die Leberwurst muss bleiben. An deiner Stelle. Verstreiche ich sie. Rühre sie aber nicht an. Stattdessen packe ich sie zu dir in den Sarg. Den hellen, schlichten. Ich weiß sofort, welches Modell du gewählt hättest unter diesen üppigen, schweren Särgen in Mahagoni, Eiche, Lärche mit geschnitzten Kreuzen, ägyptischen Symbolen, Girlanden in glänzenden Lackierungen. Dein Sarg ist schlicht. Ein Architekten-Sarg. Du trägst darin deinen schwarzen Rollkragenpulli mit dem hellen Streifen, den du so mochtest. Der Bestatter meint, dass dir ein Hemd wahrscheinlich nicht mehr passen würde. Dein Körper lag vier Tage im

Wasser. Er ist aufgequollen, verändert. Ich habe Angst vor dieser Veränderung, ich will sie nicht sehen. Die Kinder reichen mir Grabbeigaben für dich. Ein Holzklötzchen von Theo, ein Boot von Hannes. Die alten Ägypter drückten den Toten eine Münze in die Hand für den Fährmann, der sie über den Fluss in die Unterwelt bringen sollte. Der Bestatter erwähnt, dass er vor wenigen Wochen schon einmal in unserem Hochhaus war. Er organisierte auch die Bestattung einer betagten Nachbarin. Du warst einer der wenigen Gäste bei dieser Beerdigung. Als ich begreife, dass der Bestatter dir bereits begegnet ist, freue ich mich. Ich spreche den Mann darauf an. Doch er erinnert sich nicht an dich und erklärt, das läge an der Unmenge an Gästen bei der Trauerfeier damals. Stumm nicke ich, scheinbar verständnisvoll. Ich selbst war nicht dabei, aber ich weiß, dass außer dir kaum jemand bei der Beisetzung der über neunzigjährigen Nachbarin anwesend war. Du bist nicht einmal unter der Erde und gerätst bereits in Vergessenheit. Um nicht laut zu schreien, denke ich an dich. Ich stelle mir vor, du liegst im Sarg und schläfst. Du liegst da und das Apfelstück verschließt deine Kehle. Doch wenn ich dich rüttele, spuckst du es aus. Auf deiner Brust steht nun das Glas Leberwurst. Als Wegzehrung für deine Wanderung.

Es gibt ein Davor. Und ein Danach. Dazwischen klafft ein Riss. Dein Untergang spaltet uns. Ich bin eine andere. Ich bin gezwungen, eine andere zu sein. Die Kinder und ich sitzen im Wohnzimmer, wir halten uns an den Händen. Wir hören das Ticken der Uhr. Aber die Zeit vergeht nicht. Es gibt nur jetzt. Davor und dahinter: Nebel. Wir wissen nicht, ob es Tag ist oder Nacht. Wir können nicht planen. Nicht für die nächste Stunde, nicht für den nächsten Tag. Ich atme mit den Kindern. Sie atmen mit mir. Wir essen Breiiges. Wir schmecken nichts. Wir wissen, dass du weg bist. Wir wissen, dass dein Körper im Grab liegt. Wir fühlen, dass du fehlst. Wir können es trotzdem nicht glauben. Du bist immer noch hier. Ich sehe dich Tango tanzen in einem großen Kreis von Tänzern, eine Milonga, in einem ehemaligen Kinosaal in Budapest. Ich schaue zu, wie du von einer Partnerin zur nächsten wanderst, wie du den Rhythmus der fremden Körper deinem anpasst, wie du sie im Arm hältst und wiegst. Tango ist ein abgekartetes Spiel aus Nähe und Ferne. Ich beherrsche die Schritte nicht. Doch einmal in einem fremden

Wohnzimmer nimmst du auch mich in den Arm. Wir tanzen so eng, wie es möglich ist, Wange an Wange, dann ist es für mich einfacher, deinen Schritten zu folgen. Ich horche nicht auf die Musik, ich horche auf deinen Körper, folge deinen Bewegungen. Du bist ein diskreter Tänzer, von einer unauffälligen Eleganz. Keine rasanten Posen, keine angeberischen Pirouetten. Du führst mich, sanft, kaum merklich. Ich erinnere mich, wie du die Nacht durchtanztest in der Cumberland Lodge in Windsor, während draußen vor dem Fenster Colin Firth und Helena Bonham Carter den König und die Königin von England mimten. Ein Teil der Dreharbeiten zu dem Film »The King's Speech – Die Rede des Königs« fand damals dort statt. Es ist einer dieser unwahrscheinlichen Zufälle, die so gar nicht in unser fiktives Empfinden von Wirklichkeit passen wollen. Wir waren dort mit einer Gruppe von Hochschuldozenten, die ich nachmittags im Drehbuchschreiben unterrichtet hatte. Abends hast du dann Swing mit meiner Freundin und ihren Kolleginnen vorm Kaminfeuer getanzt, du trankst Whisky und anderes, während ich bereits schlief. Wieder einmal gingst du in der Gruppe auf, während ich mich zurückzog. Am nächsten Morgen verschliefen wir beide den Check-out und eine Angestellte stürmte ins Zimmer –

die Türen besaßen keine Schlösser. Im weihnachtlich geschmückten London gerieten wir in einen Kaufrausch. Die Keksdosen sahen einfach zu hübsch aus. Wir kauften so viele, dass wir am Flugschalter dann ein Mehrfaches ihres Preises für das Übergewicht zahlten. Natürlich warst du die treibende Kraft bei dieser Einkaufstour gewesen. Deine Neigung zur Völlerei war nicht zu übersehen, deine großen, lauten Sprüche, doch dahinter gab es auch eine große Empfindsamkeit. Mir gefiel, dass du deine Verletzlichkeit nicht verbargst. Und als wir zusammen versuchten, reiten zu lernen, staunte ich. Als die Sportlichere von uns beiden wähnte ich mich im Vorteil. Im Sattel setzte ich voll auf meine Kraft. Ich presste die Schenkel in die Flanke des Pferds, gab der Stute starke, entschiedene Signale und wollte unbedingt schnell Resultate sehen. Ich mühte mich, während du gar nichts zu tun schienst. Doch dein Pferd gehorchte dir. Wie von Zauberhand trottete es dorthin, wo du es haben wolltest, es wendete, galoppierte und stoppte kurz vor dem Zaun.

Für die Polizei musste dein Bruder ein Gedankenprotokoll zu dem Unfall verfassen. Er ist Zeuge und war zunächst wohl sogar Verdächtiger. Ich habe ihn nie gefragt, ob er dahingehend verhört wurde. Doch ich nehme an, dass die Beamten untersuchten, ob ihn am Tod seines älteren Bruders Schuld traf. Vielleicht verstanden die Polizisten aber auch, was ich verstand, als ich ihn mit nassen Haaren zu uns an den Steg zurückkehren sah. Dass sich die Frage nach seiner Schuld nicht stellte. Weil diese Unterstellung angesichts der entstandenen Situation mehr als grausam war. Ich las Fabians handschriftlich verfassten Bericht ein einziges Mal, dann reichte ich ihm die Zettel stumm zurück. Ich weiß, dass ihr nur eine kurze Runde auf dem See drehen wolltet. Du wolltest danach unseren Sohn mit aufs Wasser nehmen. Ich bin so froh, dass du ihn zurückgelassen hast. Das Boot war nicht groß und solide, sondern leicht, schmal und wendig. Der faltbare Rahmen war mit dünnem, blauem Stoff bespannt. Eigentlich war es nicht als Segelboot gedacht, sondern zum Paddeln. Doch du wolltest segeln und das Boot schien ein billiger Kompromiss zu einem viel teureren Segelboot. So praktisch, so günstig. Vielleicht fluche ich darüber mal. Aus dem Bericht deines Bruders weiß ich, dass ihr schnell gemerkt habt, dass der Wind auf dem offenen See viel stärker wehte als in der geschützten Bucht. Das Boot, Marke Delphin, schoss über das Wasser. Vorbei an einem Windsurfer, den du spöttisch zu einem Wettkampf herausfordertest. Er blieb hinter euch zurück. Nach ein paar Minuten hattet ihr schon ein Drittel des Sees durchquert und dein Bruder schlug vor, eine Halse zu fahren, damit ihr wieder in die Nähe des Ufers kommen würdet. Bei diesem Wendemanöver klappte der Großbaum von Steuer- nach Backbord um, dadurch bekam das Boot zu viel Krängung, nahm Wasser von Steuerbord und kenterte schließlich. Ihr fielt ins Wasser, gingt unter, tauchtet wieder auf. Verblüfft über das Geschehen, verblüfft und geschockt. Terror in euch. Dabei dachtet ihr nicht ans Untergehen. Doch das Wasser war tief und kalt, scheußlich kalt, es triefte über eure blanken Gesichter, zog an euren nassen Kleidern. Du versuchtest, das mit dem Kiel nach oben treibende Boot wieder aufzurichten. Dein Bruder half dir. Das Boot aber ließ sich nicht umdrehen. Ihr tratet mit den Füßen im Wasser. Eure Schuhe wart ihr bereits losgeworden. Ihr rieft einige Male um Hilfe.

Doch kein Boot, kein Surfer, niemand war in der Nähe. Ihr wandtet euch in Richtung Land. Das Ufer schien nah, erreichbar. Vielleicht drei Schwimmbad-Längen entfernt. Von einer Sekunde zur anderen stießt du hervor: »Ich muss hier weg.« Ich glaube, dein Bruder rief dir nach, dass du beim Boot bleiben solltest. Doch du hattest dich bereits ins offene Wasser gestürzt. Du schwammst davon und drehtest dich nicht um. Du trugst den weißen Strohhut. Er wippte auf deinem Kopf über der Wasseroberfläche, entfernte sich ebenfalls. Dein Bruder überlegte kurz. Und so, wie die Abstände auf dem Wasser unmöglich verlässlich einzuschätzen sind, so sind es die zeitlichen Abstände im Nachhinein. Die Panik dehnte die Zeit, indem sie alle Aufmerksamkeit auf deinen Herzschlag, deinen keuchenden Atem, den drohenden, den bereits erfahrenen Kontrollverlust richtete, gleichzeitig verkürzte die Panik alles Geschehen zu stroboskopartigen Blitzen, zur Hölle im See. Deinem Bruder jedenfalls kam es wie ein Augenblick vor, bis er sich entschloss, dir zu folgen. Er folgte dir und er rief weiter um Hilfe, obwohl es ihm sinnlos erschien, angesichts eurer Einsamkeit in der Wasserwüste. Plötzlich sah er deinen Hut auf dem Wasser treiben. Nur diesen Hut, dein Kopf war verschwunden. Er wollte die Stelle erreichen, wo er dich zum letzten Mal gesehen hatte. Doch, wo war diese Stelle? Es gibt keine Fixpunkte im Wasser, nur endlose Fläche. Dein Bruder merkte, dass er beim Schwimmen vorsichtig sein musste, um nicht unterzugehen. Er drohte Wasser zu schlucken. Er hatte Panik. Er keuchte. Also drehte er sich nach jeweils zwei Schwimmzügen immer auf den Rücken, um wieder zu Atem zu kommen. Schwimmen, Stoßen, Paddeln, Drehen. Der Blick in den Himmel, den weißen, verhangenen, Erinnerung an Arien. Ein Trillern wollte sich nicht einstellen, kein Glänzen in der Kehle, kein Wohlklang.

Ich schildere dich. Das ist mein Privileg. Du hast dich mir anvertraut. Das Wort »Trauung« ist so viel schöner als »Hochzeit«, die hohe, die spitze, die größenwahnsinnige Zeit. Auf die Höhe muss der Abstieg folgen. Wir haben uns getraut, haben uns trauen lassen. Von demselben Priester, der nun deine Totenmesse liest. »Bis dass der Tod euch scheidet.« Das haben wir geschafft. Ich bin hier und du bist dort. An einem anderen Ort. Es muss ein Ort sein, etwas muss vorstellbar sein. Etwas muss bleiben. Der Priester heißt Ernst. Auch das scheint ein Zeichen. Wie ernst, wie ernstzunehmend die Lage ist. Wir reden ihn mit seinem Vornamen an. Ernst, der nun dein Requiem hält, predigt darüber, dass jeder Glaube sinnlos ist ohne den Glauben an das ewige Leben. Vor uns auf dem Marmorboden der Kirche steht ein überlebensgroßes Porträt von dir. Du lachst darauf, offen und fröhlich, in die Kamera. Der Ausschnitt ist eine Vergrößerung des Originalbilds. Darauf liegst du im Sand an der Ostsee und vor dir sitzt unser Jüngster, der da gerade neun Monate alt ist. Neben dir lagert unsere Wandergruppe aus befreundeten Familien und schaut auf das Meer vor Fischland-Darß hinaus. Das Foto wurde ein Dreivierteljahr vor deinem Tod beim alljährlichen Treffen der Gruppe aufgenommen. Jetzt steht das aus diesem Bild herausgelöste Porträt inmitten von Blumen und Kränzen vor dem Altar. Das Kirchenschiff, in dem wir sitzen, ist mir fremd. Ich habe die Gemeinde ausgewählt, weil die Kirche direkt am Friedhof liegt. Ich ahnte, dass einige Hundert Gäste zu deiner Totenmesse erscheinen würden, und diese Menschenmenge dann anschließend über mehrere Bahnlinien zu deiner Grabstätte zu schleusen, erschien mir kompliziert und ich fürchtete, etliche würden den Weg zum Friedhof dann scheuen. Das waren die Gründe, die ich unserem Pfarrer nannte. Ich spürte seine Enttäuschung darüber, dass er die Messe nicht in der Gemeinde halten würde, in der du so verwurzelt warst. »Es ist einfacher so«, wiederhole ich. Diesen Satz habe ich in diesen Tagen zu meiner Maxime erhoben. Alles muss einfach sein, schnell erledigt, schnell vorbei. Wahrscheinlich ist diese fremde Kirche auch ein instinktiver Schutz für mich. Deinen Sarg in der Kirche zu sehen, in der wir getraut und unsere Kinder getauft wurden, wäre unerträglich gewesen. Ich entreiße dich also im Tod deiner Gemeinde, doch die fremde Gemeinde verbittet sich dann deinen Sarg. Die Totenmesse erlauben sie uns, doch nicht deine Aufbahrung. Bevor die Dame vom Bestattungsunternehmen mir das verkündet, sagt sie, ich solle jetzt ganz tapfer sein. Am besten solle ich mich setzen. Ich frage, »Was soll mich denn jetzt noch erschüttern?« Erst als ich mich niedergelassen habe, eröffnet sie mir, dass dein Sarg nicht in die fremde Kirche darf. Ich lache auf. Dieses Verbot erscheint mir ein Klacks. Insgeheim bin ich sogar froh, dass ich durch diese Regel den Anblick deines Sargs nicht so lange ertragen muss. Ich habe andere Sorgen. Hannes will nicht zu deiner Beerdigung. Ich verstehe ihn und scheuche ihn dennoch, kleide ihn an, schlüpfe selbst in ein schwarzes Kleid aus Ungarn. Später schmeiße ich es weg. Theo schläft ein im Kinderwagen. Mein Vater schiebt ihn um die Kirche, während die Glocken läuten und auch während der anschließenden Messe. Da stehen so viele Menschen. Sie bilden eine lange Schlange vor dem Kondolenzbuch. Ich erkenne einzelne Gesichter, nicke, grüße, spreche kaum. Wer ist alles erschienen? Ich weiß es nicht. Alle Anwesenden sind Schatten. Mit Hannes setze ich mich in die erste Reihe. Ich beschließe, mich auf ihn zu konzentrieren. Ich lege meine Hand auf sein Bein, meinen Arm um seine Schultern. Als der Gottesdienst beginnt, findet er einen Ausweg, um seine Anspannung zu lösen. Er sinkt in den Schlaf. Sein Kopf ruht auf meinem Schoß. Ich streiche über sein Haar, bleibe sitzen, während alle anderen in der Kirche zum Gebet aufstehen. Du versteckst dich hinter einer der Säulen. Du freust dich über die vielen Gäste, deutest auf einzelne und sagst, »Den hätte ich nicht hier erwartet. Na, endlich! Vielleicht zahlt er jetzt.« Und ich zische, »Psst!« Die Messe ist in vollem Gang. Du sollst die anderen nicht erschrecken. Ich bin nicht bei ihnen, ich bin bei dir. Erst als ich in der Friedhofskapelle deinen Sarg sehe, erschrecke ich. Vielleicht liegst du doch darin? Hannes ist aufgewacht und in merkwürdig gelöster Laune. Es ist drückend heiß auf dem Friedhof. Ich habe den Gästen nicht Bescheid gesagt, dass sie wegen der Hitze Wasser mitbringen sollen. Verstohlen schaue ich mich um. Niemand wird ohnmächtig. Nach einer kurzen Andacht setzt sich der lange Trauerzug in Bewegung. Die Grabstätte, die Hannes und ich vor einigen Tagen ausgesucht haben, liegt nicht weit entfernt. Es sind so viele Menschen versammelt, dass sie eine Kette bis dorthin bilden. Als wir zum ersten Mal zum Friedhof kamen, führte uns um neun Uhr morgens in glühender Hitze ein Friedhofsgärtner herum. »Sucht euch was Schönes aus.« Der Mann trug eine gelbe Blinden-Binde an seinem Arm und sein Atem roch nach Schnaps. Misstrauisch beäugte ich seine sicheren Schritte. Er war gar nicht blind. Die Binde sollte ein Witz sein. Wir wählten die Stelle neben der baufälligen Gruft der Metzgersfamilie. »Deine große Liebe und Güte bleiben unvergesslich. Ruhe in Frieden« steht dort bei Jakob Seypel. Bei seiner Frau Marianne heißt es knapp: »Im Tode vereint«. Ihr Todesdatum fehlt. Knapp oberhalb der Inschrift klebt ein gelber Sticker auf dem Grabstein: »Unfallgefahr! Grabstein lose – Angehörige bitte im Büro vorsprechen.« Der Friedhof liegt auf dem ehemaligen Todesstreifen, dem Brachland zwischen den beiden deutschen Ländern, die nun schon längst wieder zusammengewachsen sein sollten, doch da steht noch diese Steppe und erinnert an die Wunde. Dort, an der ehemaligen Mauer, sollst du ruhen. Zwei steinerne Engel beschirmen die Eingangsallee. Die Denkmäler stehen merkwürdig isoliert auf der karstigen Wiese vor der Kapelle. Alle Trauergäste schwitzen in der Sonne. Ernst führt die Prozession an. Aufgekratzt springt unser Sohn jetzt mit seinem Freund neben dem Pfarrer her. »Wie schwer ist der Sarg? Können die Seile reißen, die ihn ins Grab hinablassen?« Der Priester antwortet ihm kurz. Dann schwebt dein Sarg tatsächlich in die Tiefe. Später wird das Grab zugeschaufelt. Der aufgeworfene Erdhügel darauf senkt sich im Laufe der nächsten neun Monate ab. Mir schaudert, wenn ich daran denke, was das für deinen Körper bedeuten muss, wie er zerfällt. Hannes und ich scheuen auch nach der Beerdigung den Gang zu deinem Grab. Wir pflanzen immergrüne Pflanzen darauf, Bodendecker. Es dauert so lange wie eine Schwangerschaft, bis die Erde sich über deinem Sarg glättet. Die Kinder heben mit ihren Schaufeln kleine Löcher im Beet aus, um den Efeu darin einzupflanzen. Theo hat Angst, dass wir mit den Schaufeln auf deinen Körper stoßen und du die Hände nach uns ausstrecken wirst. Ich sage ihm, dass du viel tiefer liegst. Doch ich schaffe es nicht, unserem Sohn bei dieser Antwort in die Augen zu blicken. Er würde meinen Horror sehen, während seine Befürchtung gar keinen Grusel, sondern nur die Sorge um dich enthält.

Eine Straßenbahn rollte über den beinahe leeren Alexanderplatz, vorbei an dem einzigen Obdachlosen, der noch unter der Eisenbahnbrücke campierte, vorbei an der Weltzeituhr, vorbei an den geschlossenen Kaufhäusern, den schwarzen Glaswänden des Kinos. Das Betongrau des Fernsehturms hob sich kaum von der Farbe des Himmels ab. Der Fahrer der Straßenbahn klingelte warnend. Zwei Jugendliche huschten vor der Tram von den Gleisen. Eine Frau in meinem Waggon trug keine Maske. Die anderen Fahrgäste mieden ihren Blick. Die Maskenlose blickte über ihre Schulter, als würde sie verfolgt, dann begann sie zu wüten. Sie schrie mit gerötetem, verzerrtem Gesicht, ihre Augen rollten. »Ihr seid alle verflucht. Euer wahres Gesicht versteckt ihr, weil der Teufel es euch so befohlen hat. Weil ihr feige seid und böse. Im Feuer werdet ihr schmoren. Und verbrennen. Der Rauch reinigt dann die Erde.« Ich ahnte, wie ihr der Speichel beim Brüllen aus dem Mund spritzte. Ich fragte mich, ob ich weit genug entfernt war. Die anderen Menschen in der Straßenbahn taten, als hätten sie den Fluch nicht gehört. Angestrengt blickten sie zur Seite. Das Schreien der Frau wurde leiser, zischender, verstummte. Die Straßenbahn ruckelte weiter Richtung Norden. Ich starrte auf mein Spiegelbild in der Fensterscheibe. Ein durchsichtiger menschlicher Umriss, hinter dem sich die Säule des Fernsehturms entfernte. Ich fragte mich, auf wen ich wütend sein sollte.

Du hast dich immer an schönen Dingen festgehalten. Dein guter Geschmack war Gesetz. Gegen den Preis dieses Gesetzes hatte ich manchmal Einwände. Vor allem aber störte mich die Menge an Einkäufen, die Menge an Besteck, Dekorationsgegenständen, Lebensmitteln oder auch an Werkzeugen und anderem Kleinkram, die sich über die Jahre in unseren Schränken ansammelten. Ich empfand die Menge an Sachen als belastend, ihre Instandhaltung als zeitaufwändig. Ich habe lange Zeit versucht, mich von Dingen zu befreien, möglichst wenig zu besitzen, mobil zu bleiben. Bücher lieh ich aus, Kleider, Möbel und anderes kaufte ich gebraucht, Lebensmittel immer nur so viel, wie ich in der nächsten Woche verbrauchte. Es ging mir nicht um Umweltschutz. Ich wollte ungebunden sein. Immer imstande, sofort den Kontinent zu wechseln, die Wohnung oder die Stadt. Seitdem du fort bist, haben viele Gegenstände eine neue Bedeutung für mich bekommen, die Materie verspricht eine Haltbarkeit, die sie vorher nicht besaß. Nicht nur Gegenstände, die an dich erinnern. Deine Gegenwart in den Dingen, in den

Räumen unserer Wohnung, in denen du nun fehlst, ist ohnehin übermächtig. Inzwischen sind auch die übrigen Möbel, Kleidungsstücke und auch Dinge wie die karierte Picknickdecke für mich nicht mehr nur belastend, etwas Leidiges zum Putzen, Aufräumen oder Reparieren. Es ist tröstlich, Gegenstände anzufassen, an ihnen zu riechen, sogar sie abzustauben und zu pflegen. Und die Dinge bergen immer mehr als eine Geschichte. Die Picknickdecke, auf der wir saßen, als du untergingst, wollte ich zunächst vernichten. Doch dann fiel mir ein, dass eine gute Freundin sie uns zur Hochzeit geschenkt hatte. Ich hätte diese Decke wegwerfen können, verbannen, wie so vieles von dir, das ich sofort zu den Containern brachte, um mich davon zu befreien. Doch ich behielt die Decke und mit ihr die Erinnerung an deinen Tod, verbunden mit Gedanken an die lange Freundschaft mit der Schenkenden, an ihre Familie, an meine, an Ausflüge, an Feiern, bei denen wir auf dieser Decke lagerten, bis hin zu deinem Leichenschmaus, der tatsächlich ein Picknick war und bei dem wir ebenfalls auf dieser Decke saßen. So wie mit dieser Decke geht es mir mit vielen Gegenständen. Die Erinnerungen, die sie speichern, die Geschichte ihrer Herkunft oder von dem, was ich mit ihnen erlebt habe, die Verbindungen zu Menschen, die sie darstellen – all das hat plötzlich an Wichtigkeit gewonnen. Wahrscheinlich hängt diese Entwicklung auch mit meinem Älterwerden zusammen, mit dem wachsenden Bewusstsein für die eigene Vergänglichkeit.

Manchmal tröste ich mich mit der schwarzen Sonne, manchmal beschwöre ich sie herauf. Sicherlich warst du es, der mir zuerst von ihr erzählt hat. Wer sonst sollte es gewesen sein? Wahrscheinlich erwähntest du sie an Silvester, als du am Lenkrad des Mietwagens saßt und wir in Richtung Dänemark fuhren, um dort in einem kleinen Haus, begleitet vom Rascheln der Mäuse hinter der Holzvertäfelung, den Jahreswechsel zu verbringen. Allein, ohne unsere Kinder, die es damals noch nicht gab. Ein weißes Unterkleid aus Seide und ein schwarzer, herzförmiger Stein vom Nordseestrand, der auf dem Nachttisch von Theo, unserem jüngsten Sohn, liegt, erinnern mich an diese Reise. Dieser Stein und das Kleid sind da. Doch du bist nicht mehr hier, und es wird immer schwieriger, die Erinnerung an deine Worte im Gedächtnis zu behalten, an deine Bewegungen, an deinen Geruch, an alles, was dich ausmachte, was deine Person umriss. Das Vergessen ist ein Irrsinn und eine Gnade. Es ist ein Strudel, in dem ich dich in das verwandele, was mir vorschwebt. Menschen, die nicht vergessen können, sterben. Sie werden verrückt. Ich will nicht verrückt werden. Ich will den Überblick bewahren, alles im Griff haben. Ich kann sagen: Du warst mein Mann, du bist der Vater meiner Kinder. Stimmt das? Was waren wir füreinander? Was bist du jetzt?

Viel später nach dieser Reise, nach einem Leben zu zweit, zu dritt, zu viert und dann Ende, betrachte ich mit den Kindern die schwarze Sonne. Wir suchen nach Aufnahmen dieses Phänomens, um uns zu beruhigen, uns abzulenken von unserer unmittelbaren Umgebung, vom Pochen unserer Pulsadern oder dem Brennen unserer Augen. Wir drängen uns auf dem Sofa eng aneinander und starren auf den kleinen Bildschirm des Smartphones. Zunächst sehen wir nur den leeren, hellen Himmel über dem Schilf des Marschlandes. Der abgebildete Ort befindet sich an der dänischen Grenze zu Deutschland, dort, wo die Ostsee sich weit ins Land hineinfräst. Das beobachtende Kameraauge bleibt meist unbeweglich in der Totalen, gebannt wie wir. Nichts geschieht. Weder das Schilf noch die Wolken bewegen sich. Beinahe könnte es sich um ein Standbild handeln, aufgenommen entweder in der Morgendämmerung oder beim Verglühen der Sonne am Abend. Doch dann fliegt plötzlich ein kleiner Schatten, ein unscheinbarer Schwarm Vögel dicht über das Schilf hinweg. Unmittelbar gefolgt von dem nächsten und nächsten. Kleine, schwarze Punkte, die über den Bildschirm flattern. Auf einmal scheint sich der Himmel zu öffnen. Von überall stürzen winzige Vögel herab. Sie fallen, sie prasseln nieder, schwingen sich aber sofort wieder auf, schließen sich zusammen, formieren sich blitzschnell zu dunklen Wolken, zu Schlangen, Kugeln und zylinderförmigen Schwärmen. Es sind Hunderttausende Stare. Einzelne Vögel sind nicht zu erkennen. Der Schwarm wirkt wie ein einziger quecksilbriger Körper, wie ein mächtiger Geist, der niedersaust und sich wieder aufschwingt, der seine Gestalt blitzschnell verändern kann. Die Kinder drängen sich an mich und ich lege meinen Arm um ihre Schultern. »Seht ihr?«, sage ich. »Seht ihr, wie sie sich verbinden? Seht ihr, wie sie eins werden? Gemeinsam sind sie größer als allein.« Die Kinder antworten nicht. Ich weiß nicht, ob sie mich verstanden haben. Ich erkläre, »Die Stare tanzen, um zu leben. Sie schützen sich, indem sie Größe vortäuschen. Da, unter ihnen liegen ihre Nist- und Rastplätze mit den Jungen darin. Doch kein Raubvogel traut sich mehr heran. Das, was wir als schön empfinden, ihre Massen-Choreografie, der Gleichklang ihrer Bewegungen, jagt den Räubern Angst ein.« Die Stare schützen so ihre Kinder und sich selbst. Im Frühjahr brüten sie im Marschland, weil sie hier genügend Futter finden. Im Herbst kehren sie zurück, um sich für den Winter eine Speckschicht zuzulegen. Manchmal verdoppeln sie innerhalb von sechs Wochen im Schilf ihr Gewicht. Für sich betrachtet ist der Star, Sturnus vulgaris, äußerst unauffällig. Sein Gefieder wirkt aus der Ferne gräulich. Vor unserem Fenster schenken wir dem einsamen kleinen, auf dem Rasen herumhüpfenden Vogel keine Aufmerksamkeit. Doch auf dem Bildschirm kehren wir immer wieder zu der schwarzen Sonne, auf Dänisch »Sort Sol«, zurück. Wir betrachten die Aufnahmen im Internet in Dauerschleife, vorm Einschlafen, zur Beruhigung. Du erwähntest die schwarze Sonne, in echt gesehen hast du sie nie. »In einer Welt, so mannigfach wie der unseren, ist der Blick ein einzigartiger Akt: Etwas anzusehen heißt, dein ganzes Leben, wenn auch nur kurz, damit auszufüllen.« Ich habe dich nicht betrachtet, als du gestorben warst. Manchmal bereue ich das. Manchmal bereue ich auch meine harten Worte und Blicke, als du noch da warst. Manchmal weine ich um all das, was du nicht warst, was du nicht geworden bist. Dann tröste ich mich mit den Staren, diesen kleinen, wehrlosen Geschöpfen, die sich zusammenschließen, gemeinsam Größe vortäuschen und so die Gefahr vertreiben, um durchzuhalten bis zu einem neuen Morgen. Dann schwöre ich, dass auch wir so einen Schwarm gebildet haben, dass wir die Falken verjagt haben. Und ich seufze und bette meinen Kopf unter dem Kissen, das sanft meinen Atem erstickt. Bis ich in einen Schlaf versinke, der einer Ohnmacht gleicht.

Wir sitzen zu viert in einem alten Wagen. Die Piste unter uns ist unbefestigt, staubig. Sie steigt steil an. Geröll prasselt neben den Reifen den Berg hinab. Ich sitze auf der Rückbank. Neben mir schlafen zwei Kinder. Deine Finger umgreifen das Lenkrad. Du steuerst den Wagen. Ich betrachte die Landschaft um uns herum, die eine Steppe ist, eine ins Vertikale gekippte Wüste, ein ausgedörrter Abhang, der sich langsam auflöst. Steine rollen neben den Reifen in Richtung Tal. Plötzlich bemerke ich, dass du eingeschlafen bist. Ich rüttele an deiner Schulter, schreie dich an. Du antwortest nicht. Deine Augen bleiben geschlossen. Dein Gesicht wirkt friedlich, entspannt. Mit aller Kraft reiße ich an deiner Schulter. Nichts. Als hätte ich dich gar nicht berührt. Der Wagen bleibt auf der Spur. Fährt unaufhaltsam weiter auf der holprigen, steilen Piste bergan. Ich höre auf, dich wecken zu wollen. Stattdessen schlage ich die Augen auf. Um mich ein neuer, kalter Morgendunst, abgestandene Luft und Staubmäuse in den Ecken des Schlafzimmers. Der Traum sollte mich ängstigen. Doch ich bin ruhig. In deiner Hand sah ich einen zerknüllten Zettel. Ich konnte ihn nicht entziffern, aber ich fühle, was darauf stand. Deine Botschaft an mich war eine unausgesprochene. Es geht. Weiter. Voran.

Stell dir vor. Da tanzt einer die Straße entlang. Mit einem vollen Mund und einer Mütze aus Haar, mit verschmitzten Augenschlitzen und den hellsten Pupillen, besonders am Morgen, mit runzligen Halbmondfalten an den Polstern darunter und mit einem Lächeln, einem ultramarinen Lächeln, einer wilden Behauptungskraft in der Stimme. Wie er feilscht, rächt, liebkost. Er besitzt funkelnde Finger. Ich denke, ich nehme ihn mit. Er sitzt auf meinem Küchentisch, die Sonne strahlt auf seinen Bauch, er holt mich zwischen seine Beine, ich ziehe seinen Gürtel aus den Schlaufen der Hose, sein Mund ist warm und feucht. Er hält mich fest in den Armen, während ich an seiner Zunge sauge. Willst du mich, frage ich. Er haucht, ja. Willst du mich ganz und gar, frage ich. Er sagt, lieber hätte er mich in kleinen Stücken, roh, zerteilt. Wie Sushi, rate ich. Fein und salzig, mit dem Brennen von Meerrettich in der Nase, Wasser in den Augen? Nein, wie Carpaccio, erwidert er. Rindfleisch, leuchtend rot, zart gefächert, das zergeht auf der Zunge. Ich erwidere, ich hätte schon zu viele Menschenfresser gesehen, um seiner Bitte nachzukommen.

Der Fremde sagt, er könne warten, bis ich bereit sei. Ich glaube ihm nicht, seine Hüften drängen. Wir fahren fort.

Er erinnert mich an dich, dieser Mann. Er nimmt Reißaus, versteckt sich und ich muss ihn locken. Ich singe ohne Höhen und Tiefen. Ein Schwarm schillernder Guppys bist du, ein Regenschauer auf einen Teppich aus Haar, ein Kartenleger und Über-Tassen-Versinker. »Komm her zu mir!« Zögernd lässt er sich blicken, hält sich den Fluchtweg offen, falls ich ihm zu nahekäme. Ich muss so tun, als bemerkte ich ihn nicht. Ich suche mir ein Spielzeug, drehe, wende, befühle das Ladekabel mit staunenden Augen. Er schaut interessiert, zögernd kreist er heran. Als er vor mir hockt, breite ich meinen Rock über ihn. In der Stille des Zeltes beruhigt er sich schnell.

Glaubst du nicht, ihr seid euch schon einmal begegnet? Er gleicht dir aufs Haar. Ich füttere ihn. Mit gefalteten Händen sitzt er auf dem Tresen, ich stehe vor ihm, tunke die Finger in die Bratensoße. Er hat Hunger, doch er bettelt nach Wein. Den versage ich ihm. Ich ziehe ihm die Socken aus, rolle sie langsam über seine Zehen. Ich rasiere ihm die Beine. Er hält still. Die

Klinge ist scharf. Ich ziehe das Messer durch den Schaum auf seiner Haut. Seine Waden werden glatt. Ich berühre sie mit den Lippen. Jetzt erst reiche ich ihm den Wein. Rot läuft er ihm übers Kinn. Er verlangt nach mehr, ich entziehe ihm das Glas, will seine Hände aus der Gebetshaltung lösen und drücke stattdessen seinen Kopf an meine Brust. Er atmet betont gepresst.

Schon viele Male habe ich ihm geschrieben. Er solle kommen, er solle bleiben. Er erwiderte, ich solle kommen, ich solle bleiben. Es ist ein ewiges Patt. Dabei sagt er, er sei ganz wild darauf, bei mir zu sein. Ich sage, »Wieso bist du es nicht?« Und dann nimmt er plötzlich deine Züge an, sein Gesicht verschließt sich. Ich schreibe an dieses ferne Gesicht, ich schreibe an gegen dieses Gesicht. In ihm lese ich, was sich in mir ballt zu einem kalten Feuerball. All die Lust und Mühe und auch die Angst vor der Vergeblichkeit. Ich verletze dich ständig, meistens offen, kaum versteckt. Wir verjagten uns nie wie räudige Hunde, schrien nicht »Nie wieder!«. Doch ich werfe die Türen ins Schloss, knalle den Hörer auf die Gabel, zerreiße Bilder, nur um sie später neu zu drucken. Ich bin verdreht, jämmerlich, klein und groß in meinen Beteuerungen, den Beleidigungen, den Flüchen, alles zugleich. Das scheint meine einzige Chance, uns Wert einzuflößen, anzukommen, wahr zu machen. Darum hechele ich, schwitze, schreie, poliere die Stangen des Käfigs. Um den Zauber heraufzubeschwören, der unsere Wünsche erfüllen soll. Wenn du fort bist, kommt ein Mann zu mir. Er sieht dir nicht ähnlich. Einen, manchmal zwei Wünsche erfüllt er mir.

Das Kind starb in der Nacht. Der Vater sagt: »Gott hat es zu sich gerufen.« Sein regungsloser, kleiner Körper wird mit einem weißen Laken bedeckt. Niemand weint an der Bahre des Kindes. Mutter und Vater, alle Geschwister, die Verwandten und Freunde stehen mit gesenkten Häuptern um das Totenbett. Sie dürfen nicht weinen, denn Gott hat das Kind zu sich gerufen, damit die Engel im Paradies sich an ihm erfreuen können. Es wäre eine Missachtung Gottes, darüber zu klagen. Der schiefe Scheitel des Vaters neigt sich zum Boden. Das Kind starb unerwartet, ganz plötzlich. Still lag es am Morgen in seinem Bett. Als der Onkel von seinem Tod erfuhr, rief er aus: »Gloria e paradiso!« Beim Gloria läuten jetzt die Kirchenglocken. Begleitet von diesem Jubelruf und von Musik wird der Sarg zum Friedhof getragen. Das Kind ist heimgegangen. Es ist in der Herrlichkeit. Es liegt unter Blumen. Auch die Mutter klagt nicht: »Wie viel Trost spendet der Gedanke an den Willen Gottes meinem armen Herz, das seit dem schlimmen Ereignis vor zwei Monaten noch immer blutet? Deus dedit, Deus abstulit. Sit nomen, Domini benedictum. In einem Buch habe ich tröstliche Worte gelesen, die für meinen Giuseppe geschrieben zu sein scheinen: Er war eine Lilie, die für immer in die Gärten des Paradieses gepflanzt wurde. Dort scherzt er mit den Engeln, weil er beinahe einer von ihnen geworden ist. Nur die tröstlichen Wahrheiten unserer Religion können die Verletzungen unseres fleischlichen Herzens stillen.«

Im Dom von Paderborn zünde ich eine Kerze für dich an. Du hast das oft in der Kirche getan. Eine Kerze entzündet und gebetet. Ich versuche, es dir nachzumachen. Neben dem eisernen Gestell, auf das die Kerzen gespießt werden, steht ein Vorschlag für ein Gebet:

»Herr, ich habe diese Kerze angezündet.
Ich bringe dir meinen Dank und meine
Hoffnung.
Meine Sorge und meine Trauer
lasse ich bei dir zurück.
Die Kerze brennt weiter,
wenn ich gehe.
So, wie eine Kerze erlischt,
soll auch das Schwere zu Ende gehen.
Du aber begleite mich mit deinem
Licht.
Amen.«

Wie gefällt dir dieses Gebet? Wird es dir unmittelbar zugestellt? Schätzt auch du das Einfache daran, das

Einleuchtende, Simple? Ich blicke hoch zur Decke, zu den Putten, den Gemälden, betrachte die Hostie des Heiligen Libori, ein entwendeter Knochen aus seinem Sarg. Ich höre bei einer Führung, dass dieser Dom älter ist als der Kölner und die berühmten drei Hasen an einem seiner Fenster, die sich dort jagen, die vollständig wirken, doch insgesamt nur drei abgebildete Ohren haben, dieses Hasenmotiv ist noch viel älter und stammt ursprünglich aus China. Es kam über die Seidenstraße bis nach Paderborn. Ich sage mir das alles vor und erzähle mir selbst, wie alt diese Kirche und die umgebenden Gebäude sind, während ich daran denke, was du hier wohl alles entdecken würdest und wie jung du gestorben bist.

»Aber wie Orpheus weiß ich
auf der Seite des Todes das Leben,
und mir blaut
dein für immer geschlossenes Aug.«

Endlich gehe ich schwanger. Mit einem Lastkraftwagen im Bauch. Mindestens vierzehn Pferdestärken liegen in mir an der Kette, die sich Nabelschnur nennt. Der Bauch ist ein Geschenk. Gut verpackt. Er dehnt mich aus. Er lässt mich watscheln, mein Atem pfeift. Der Bauch ist nur die Hülle. Ich denke an das Kind darin. Sein Nuckeln und Tasten. Die winzigen Finger und Nägel, die Stupsnase, die Adern unter seiner Haut. Morgen soll das Kind kommen. Doch angeblich sind die meisten Kinder spät dran. Durch den Wehenschreiber horche ich auf den Beat des Kindes, seinen Herzschlag. Ich höre Stampfen, Brodeln. Unterwassergeräusche. Die Ärztin ist unzufrieden. Der Bauch ist zu mächtig. Das kann nicht gutgehen. Sie will das Kind besser sofort herausschneiden. Ich weigere mich. Die junge Ärztin macht einen Vermerk in meiner Akte. Sie telefoniert mit ihrer Vorgesetzten. Sie schlägt vor, den Bauch zum Platzen zu bringen. Ein Tropf soll ihn höhlen. Ich lege mich quer. Rolle davon. Ich bringe den Bauch in Sicherheit. Wir watscheln durch den Regen in die Stadt.

Sehr viele Menschen ertrinken im selben Sommer wie du. Sie ertrinken in Deutschland in den Seen und Flüssen, weil sie sich überschätzen, weil sie die Strömung, die Kraft des Wassers nicht kennen. Sie ertrinken im Mittelmeer, weil sie in überfüllten Booten oder halben Wracks über das Wasser aus ihren Heimatländern flüchten wollen. Das Foto eines vierjährigen Jungen, der am Strand zu schlafen scheint, geht um die Welt. Sein Leichnam wurde dort angespült, wo andere Ferien machen. Eine junge Frau, die ins Meer stürzte, drehte mit ihrem Telefon ihren Untergang. Dieses Handyvideo wird in diesem Sommer im Fernsehen ausgestrahlt und auf Festivals herumgezeigt. Ich schaue es mir nicht an. Ich schalte den Fernseher aus, wenn die Nachrichten beginnen. Ich denke an den jungen Mann aus einem Lager in Libyen, der einem Reporter erklärt, dass er das Ertrinken gegenüber dem Eingesperrtsein bevorzuge. Denn wenigstens dauere es nur Minuten bis zum Tod. Doch im Lager verende er qualvoll über Monate oder Jahre hinweg. Ich erschrecke nicht über sein Leid, sondern erschauere darüber, dass ich nun ahne, dass es Minuten waren und nicht Sekunden, bis du das Bewusstsein verlorst.

Der Klappstuhl quietscht unter meinem Gewicht. Ein lächelnder Killerwal schwebt von oben auf die Bühne herab. Die Kapuzen-Elfe klimpert mit ihren falschen Wimpern. Sie sind mit Lametta behängt. Der ganze Bühnenhintergrund ist ebenfalls damit ausgefüllt. Die silbernen Fäden glitzern und gleißen. Sie spiegeln sich in der Pfütze inmitten der Bühne, die abgedichtet wurde mit Teichplane. Die Kindchenstimme der Elfe tastet sich blind voran. Ihre Sätze schlingern somnambul. Das Sinfonieorchester fiedelt zuckrige Melodien. Der Zwerg, die Elfe und der Bursche kriechen in den Bauch des Wals. Sie verwandeln sich. Der Zwerg kehrt als schleimgebeutelte Echse zurück. Wieder erkennt die Elfe ihn nicht. Die drei wünschen sich Liebe, sie planieren die Liebe, reden sie platt. Die Elfe zieht eine Kette aus Kindern hinter sich her. Sie kreist mit ihnen um die Pfütze. Den Urtümpel, aus dem das Leben entspringt. Ich kaufe Zitronenlimonade an einem Kiosk im Inneren eines Totenkopfs. »Reproduziere ich oder sind das nur Babies«, fragt die Elfe unter ihren Lametta-Wimpern. Ich liebe das Glühen der Kinder auf der Bühne. Wie eins der Mädchen, abgehängt von der Choreografie der Gruppe, im Zeitlupentempo mit den Beinen in der Luft Fahrrad fährt, während die anderen synchron im Rhythmus strampeln. Mir gefällt, wie rutschig der Schleim auf den Bühnenbrettern ist, wie haltbar und glatt. Der Zwerg erzählt die Geschichte von der Geburtshelferkröte, die ihre Hose nicht mehr anbekam. Die Worte perlen aus seinem Mund wie Kondenswasser.

Die Kette entrollt sich unaufhaltsam in meinem Kopf. Der Wind ist zu stark, das Wendemanöver zu schnell. Das Boot kippt um. Du stürzt ins Wasser. Der See ist tief an dieser Stelle. Die Kälte schockt dich, lähmt deine Bewegungen. Deine Atmung beschleunigt sich, dein Herz schlägt schneller. Deshalb wird die Luft knapp. Du kannst deinen Atem nicht mehr lange anhalten. Du klammerst dich an das umgestürzte Boot. Es treibt mit dem Kiel nach oben im Wasser und lässt sich nicht umdrehen. Du willst nicht aufgeben. Du musst etwas tun. Du siehst das Ufer und schwimmst los.

Ich liege nicht auf der Straße. Ich liege in einem feinen Boxspringbett auf gestärkten Laken. Ich freue mich jede Sekunde auf die Bescherung. Ich freue mich darauf, wie das Kind in meinem Bett krabbeln wird. So lebendig, so unverschämt, brutal. Du, der Vater des Kindes, und ich, wir spielen in derselben Mannschaft. Wir bleiben am Ball. Doch das, was die meisten Leute unter Liebe verstehen, ist nicht unser Fall. Ich kenne das Safe Word, dennoch gebrauche ich es nicht. Nein.

Ich krieche nicht mehr in das Ungeheuer. Ich lache niemanden mehr an, der mir über die Hüfte reicht. Nur Kinder lassen mich strahlen. Hirntot lächele ich sie an. Der Bauch wackelt und zuckt. Eine Ferse zeichnet sich ab unter der Haut. Ich lege meine Hand darauf.

Ein Schluck Wasser genügt. In Australien lernen die Schüler das schon in der Schule. Dieser eine Schluck schwappt dir in die falsche Kehle. Du willst sofort wieder Luft holen, das Wasser aushusten. Deine Stimmritze verkrampft. Dieser Mechanismus soll verhindern, dass weiteres Wasser in die Luftröhre gelangt. Doch er führt auch dazu, dass du nicht mehr atmen kannst, als du an die Oberfläche gelangst. Dein Körper taucht wieder ab. Es gibt kein Rufen, kein Schreien. Kein verzweifeltes Winken. Nur das Brodeln des Blutstroms in deinen Ohren.

In der Nacht kommen die Schmerzen. Sie sind harmlos. Sie schleichen sich an. Ich bin geübt in Ablenkung. Atmen. Laufen. Ich lächele über den Schmerz, der viel geringer ist als erwartet, den ich leicht schultern kann. Ich laufe im Dunkeln den Flur entlang. Hin und her. Ich frage mich, ob mir die Zwiebeln schwer im Magen liegen. Ist es die Höhle des Kindes, die in mir pumpt, oder sind es die Eingeweide? Ich weiß es nicht. Ich wecke dich nicht. Ich bleibe allein auf dem Flur und bemühe mich, leise zu sein. Ich stöhne nicht. Ich gehe auf Zehenspitzen. Ich schleppe den Bauch und merke ihn trotzdem kaum. Ich halte mich an meinen Atem. Ich zähle die Sekunden. Ich wünsche mir mehr Schmerzen, eine größere Eindeutigkeit. Nach drei Stunden ist der empfohlene zeitliche Abstand zwischen Krampf und Erlösung erreicht. Ich rufe die Hebamme an. Es ist zwei Uhr nachts. Sie klingt verschlafen und sagt, ich sei zu ruhig für einen Alarm. Ich soll abwarten. Ich gehorche. Erst nach einer weiteren Stunde knuffe ich dich im Bett. Du drehst dich um, grummelst: »Lass mich in Ruhe.« Doch als ich sage, dass das Kind kommt, wirst du hellwach. Du ziehst dir extra ein Sakko an. Wir fahren dorthin, wo sie Messer haben und Dämpfe, die betäuben. Wieder zweifelt die Frau am Empfang meinen Zustand an. Auch sie meint, ich sei zu ruhig. Dann schaut sie mir zwischen die Beine und ruft schnell die Hebamme.

Zwischen Leben und Tod liegt nur ein Schnipsen. Ein schnelles Drehen der Medaille, sie kreiselt auf der Kante, dann kippt die Plakette um. Alea iacta est. Die Würfel sind gefallen. Du aber kämpfst im See. Du schnappst vergeblich nach Luft, deine Kehle hat sich verkrampft. Instinktiv bringst du deinen Körper in eine aufrechte Position, um dein Gesicht über Wasser zu halten. Das Schwimmen wird so immer anstrengender für dich, dein Strampeln ist nutzlos. Du kannst deine Bewegungen nicht koordinieren, deine Muskeln gehorchen dir nicht mehr. Du tauchst auf und wieder ab. Es ist ein stummes Sterben. Lange höre ich das Rauschen deines Blutes in meinen Ohren, ich sehe die weiß umrandeten Wellen auf dem See, aufgepeitscht vom Wind, sehe das dunkle Wasser unter der Oberfläche des Sees vor meinen Augen blubbern. Ohnmächtig sinkst du zum Grund. Ohnmächtig stehe ich am Ufer. Ohnmächtig höre, sehe, rieche auch ich das Wasser um mich herum. Ich weiß nicht, wann es anfängt. Ich bemerke die ständige Begleitung des Nachbildes erst, als sie aufhört. Es ist, als wäre da die ganze Zeit ein Störsender mit einem unterdrückten Rauschen in meiner Leitung gewesen, der nun plötzlich schweigt.

Ich liege in der Badewanne. Bevor ich hineinglitt, war sie nur eine Handbreit voll. Jetzt schwappt das Wasser fast über. Der Bauch verdrängt alles. Der Bauch ist hart. Der Bauch ist voll. Er soll jetzt endlich leer werden. Die Wärme des Wassers hüllt mich ein, entspannt mich. Dann rammt mich der Schmerz mit neuer Wucht. Jetzt wird es ernst. Das sind Wehen. Ein weißer Schmerz. Ein greller Blitz hinter meinen geschlossenen Lidern. Ich reiße sie wieder auf. Ich muss sehen. Hören. Schmecken. Ablenkung. Linderung. Ich will noch keine Betäubung. Ich will durchhalten. Es heißt, das sei besonders löblich. Ich brauche Worte. Ich brauche Töne. Um mich abzulenken. Zu zerstreuen von diesem Schmerz, der jetzt hinterhältig ist. Weil er immer wieder verschwindet, mich kurz verschnaufen lassen sollte. Doch Erholung gibt es nicht mehr für mich, weil meine Angst zu groß ist vor dem nächsten Krampf, der stärker sein wird als der vorherige. Es ist das Dauerfeuer, das mürbe macht. Ich atme nicht mehr auf in den Pausen. Ich bleibe gekrümmt. Meine Augen sind schreckgeweitet. Ich bin auf absurde Weise rücksichtsvoll. Du und die anderen Menschen in meiner Umgebung sollen nicht spüren, wie ich innerlich fast zerspringe. Ich schreie nicht, ich jammere nicht einmal. Ich leide still. Wenigstens bitte ich um die Narkose. Der Anästhesist trifft nicht den richtigen Kanal an meiner Wirbelsäule. Nur eine Seite meiner Hüfte wird gelähmt. Die andere bleibt schmerzerfüllt. Ich sitze vornübergebeugt am Rand des Krankenhausbetts. Das Klinikhemd ist hinten offen. Der Arzt ruckelt an der Kanüle in meiner Wirbelsäule. Parkt sie um. Trifft wieder nicht. Mein Gesicht ist wohl weiß, meine Lippen so dünn. Ich spüre sie schrumpfen. Mein Leib, mein Hals, meine Wangen, meine Brüste. Alles ist aufgeschwemmt, geflutet mit Wasser. Als sei alles nach oben gedrückt. Ich frage mich, was der Bauch macht. Was passiert da drin. Was kämpft da. Was stößt mit der Schädeldecke nach unten. In meinen Schritt. »Du musst loslassen.« Doch loszulassen bedeutet, dass ich bereit sein muss, in Stücke gerissen zu werden.

Ein Schluck Wasser genügt. Ein Schluck Wasser, der in dich schwappt, in die falsche Kehle gerät. Dieser Schluck reicht, um zu sterben. Wie du rufst, hustest, strampelst, wie du im Wasser trittst, sieht niemand. Niemand zieht an deinen Armen, niemand hält deinen Kopf über Wasser, niemand pumpt auf deiner Brust. Dein Körper sinkt, sinkt zwischen die Algen. Ich will nicht wissen, wie lang. Wie lange du noch atmest, wie lange du kämpfst. Der See verschluckt dich. Vier Tage liegst du auf dem Grund. Froschmänner bergen deine Leiche.

Endlich sitzt die Betäubung. Ich atme auf. Das Blut strömt in meine Wangen zurück. Ich soll einnicken, mich kurz erholen. Ich döse. Alles läuft vorschriftsmäßig. Wie nach Stundenplan. Ich lobe meinen Körper für sein Funktionieren. Du sitzt in der Ecke. Gebannt beobachtest du uns. Schon seit Stunden bist du stumm wie ein Fisch, dein stetiger Redefluss ist plötzlich versiegt. Ich bin allein, versorgt von jenen im Kittel, deren Augenbrauen sich plötzlich zu spitzen Giebeln aufrichten. Das Kind gleitet nicht mehr. Es hängt fest. Es dauert zu lang. Das Kind soll riesig sein. Jetzt dreht es sich auch noch in die falsche Richtung. Es schaut die Sterne an. Die Ärztin zückt das Skalpell. Ich wehre mich. Doch sie fahren mich in den OP. Ich bin keine Kreißende mehr, ich bin eine zu öffnende Konserve, umringt von einer Armee aus Ärzten. Der neue Anästhesist leitet noch mehr Betäubung in meinen Unterkörper. Er macht den Nadeltest. Ich soll Bescheid sagen, wenn ich seinen Stich nicht mehr spüre. Ich denke an die Messer, die gleich meinen Leib aufstechen, und beteuere immer wieder: »Das reicht noch nicht.« Ich fühle die Nadel. Mehr und mehr Gift läuft in meinen Körper. Die Brauen der Ärzte sind spitze Giebel. Sie beraten sich. Die Herztöne des Kindes werden schwächer. Die Ärzte greifen zum Besteck. Der Vorhang vor meinem Gesicht nimmt mir den Körper. Der Bauch gehört mir nicht mehr. Einer der Ärzte hebt das Kind heraus. Ich erinnere mich an keinen Schrei. Es ist ein Junge. Sanft und klar schaut er mich an. Seine Augen sind weit geöffnet. Sein Körper ist kräftig, aber durchschnittlich groß. Sein Blick ist tief und weise. Das Gesicht ist nicht zerknautscht, die Röte überzieht es wie eine zweite Haut. Ein dichter, dunkler Haarschopf. Vielleicht sieht er auch deswegen so erwachsen aus. Da bist du also, denke ich leise, während das Blut rinnt und rinnt. Es ist zwölf Uhr am Mittag. Das Kind ist da. Sterne explodieren auf meiner Netzhaut.

Das Sonnenlicht fällt durch das bunte Glasfenster und malt dir farbige Streifen auf die Haut. Die Mitarbeiter des Bestattungsunternehmens wollten nicht, dass wir dich noch einmal sehen. Sie behaupteten, der Zustand deines Körpers nach vier Tagen am Grund des Sees sei abschreckend. Der Verwesungsgeruch, das Aufgedunsene, die Leichenflecken breiteten sich bereits aus. Doch Hannes will dich sehen und für ihn bestehe ich darauf. Also wirst du aufgebahrt. Ein enger Freund fährt uns zu dem Beerdigungsinstitut. Ich glaube mich an jedes Wort zu erinnern, das wir im Wagen sprechen. Wir sprechen nicht über dich. Wir sprechen über die Kinder dieses Freunds. Hannes sitzt hinter uns auf der Rückbank. Er verliert kein Wort. Im Bestattungsinstitut ist es der Freund, der vor uns den Raum betritt. Wir wollen ausschließen, dass Hannes von dem Zustand deines Leichnams geschockt wird. Der Freund kennt dich ein Jahrzehnt länger als ich dich. Er betritt den Raum. Ich blicke nur von der Türschwelle hinein und sehe den undeutlichen Umriss eines liegenden Körpers im Gegenlicht. »Mama, willst du ihn wirklich nicht mehr sehen?«, fragt unser Sohn. Ich schüttele den Kopf und erkläre, dass ich dich lebendig in Erinnerung behalten will. Nach einer Weile kehrt der Freund zu uns zurück. Er nickt und sagt: »Er kann reingehen.« Er begleitet Hannes. Auf der Türschwelle blickt unser Kind noch mal zu mir zurück. Ich lasse meinen Kopf nach unten sinken. Zögernd tritt Hannes ein. Er hält Abstand zu dir. Er tritt nah genug heran, um zu erkennen, dass du es bist, der da liegt. Und er sieht, dass du nicht schläfst. Wie sehr ihn das erschüttert, merke ich daran, dass er plötzlich viele Jahre jünger wird. Er spricht mit einem dünnen Stimmchen, schrumpft vor meinen Augen. Einige Wochen später erzählt mir eine meiner Schulfreundinnen, dass sie als elfjähriges Kind nicht zur Beisetzung ihres Vaters mitgenommen wurde. Ihre Mutter wollte ihr Leid ersparen. Doch meiner Freundin fehlte das Abschiedsritual. Noch Jahre später litt sie unter der fixen Idee, dass ihr Vater gar nicht verstorben sei. Hannes hat sich selbst von deinem Tod überzeugt. Kurz nach deiner Beerdigung besucht uns die Geigenpartnerin unseres Sohns. Die beiden planschen auf dem Balkon. Seine Freundin hängt ihren Badeanzug zum Trocknen über das Geländer. Er rutscht ab und fällt in die Tiefe. Ich sehe, dass er im Erdgeschoss bei einer unbekannten Nachbarin am Geländer hängen bleibt. Ich eile die Treppen hinunter und klingele. Die Fremde schließt mich sofort in ihre Arme. Überrumpelt stolpere ich fast über ihre Türschwelle. Meine Wange fühlt flauschige Wolle, ich rieche Haarspray. »Genau genommen bestehen wir alle aus Sternenstaub. Warum sprechen wir nicht häufiger davon?« Ich halte still, spüre die Flusen an meiner Haut, lausche dem vollen Klang der Stimme dieser Nachbarin. »Nichts, was war, verlässt je diese Welt. Es ist ein ewiger Recycling-Kreislauf. Die Energie bleibt immer erhalten. Sie nimmt nur neue Formen an.« Ich danke und lächle, greife nach dem verlorenen Badeanzug und nehme den Aufzug nach oben.

Danken möchte ich allen, die mich beim Entstehen dieses Manuskripts begleitet haben – hervorheben möchte ich dabei meine Lektorinnen Dr. Sabine Baumann und Roxane Dänner, Daniel Kehlmann, Rainer Merkel, Terézia Mora, Klaus und Ida Schöffling, meine Agentin Andrea Wildgruber, Béla und Anton sowie meine gesamte Familie.

Und mit dir, Nils, ist dies und alles möglich.
Ich danke dir für deine Liebe.

Nachweise

S. 63 zitiert aus: Ted Hughes, Grand Canyon. In: *Birthday Letters. Gedichte.* Aus dem Englischen von Andrea Paluch und Robert Habeck. Frankfurter Verlagsanstalt 1998.

S. 64 zitiert aus: Sylvia Plath, Parliament Hill Fields. In: *Crossing the Water.* Transitional Poems. Harper Perennial 1971 (eigene Übersetzung).

S. 89 f. zitiert aus einer Meldung von Ines Markgraf, abgerufen auf Nordkurier.de

S. 125 zitiert aus: Marguerite Duras, *Der Liebhaber.* Aus dem Französischen von Ilma Rakusa. Suhrkamp Verlag Frankfurt am Main 1989. Alle Rechte bei und vorbehalten durch Suhrkamp Verlag Berlin.

S. 127 f. zitiert aus einer Meldung von Tagesspiegel.de

S. 143 f. zitiert aus einer Meldung von Tag24.de

S. 149 zitiert aus einer Meldung von BerlinerZeitung-Berlin.de

S. 176 zitiert aus: Ocean Vuong, *Auf Erden sind wir*

kurz grandios. Aus dem Englischen von Anne-Kristin Mittag. Carl Hanser Verlag 2019.

S. 184 f. zitiert aus einem Brief von Matilde Fiorilli Ruggiero an Ludovica De Simone Piccirilli, 12.3.1895, Archivio Centrale dello Stato, Carte Fiorilli, sc. 1, fasc. 4.

S. 187 zitiert aus: Ingeborg Bachmann, Dunkles zu sagen. In: *Die gestundete Zeit*. Gedichte. Piper Verlag 2011.

© Graziela Diez

Über die Autorin

Nach dem Studium an der Münchner Filmhochschule und in Großbritannien lebt Maike Wetzel als Schriftstellerin, Theater- und Drehbuchautorin in Berlin. Sie erhielt zahlreiche Stipendien und Literaturpreise. In der Villa Aurora in Los Angeles entstand ein Teil der Erzählungen in *Entfernte Geliebte* (2019). Ihr Romandebüt *Elly* (2018) wurde unter anderem mit dem Robert-Gernhardt-Preis ausgezeichnet. PROLL! von Adrian Figueroa nach ihrem Drehbuch gewann den Deutschen Kurzfilmpreis 2021.

Maike Wetzel
Elly

Roman

152 Seiten. Gebunden. Lesebändchen

ISBN: 978-3-89561-286-2

Elly ist weg. Eines Tages verschwindet die Elfjährige spurlos aus dem Leben ihrer Familie. Die Eltern und Ellys ältere Schwester bleiben zurück und versuchen trotz des Verlustes weiterzumachen. Doch die drei können nicht loslassen, Elly bleibt allgegenwärtig, in Gedanken, Taten und Schuldgefühlen. Jeder spielt den Tag, nach dem nichts mehr war wie zuvor, unablässig im Kopf durch. Die Suche nach Elly hört nicht auf, alle Beteiligten schaffen sich ihren eigenen Ersatz für das Verlorene.

Elly erzählt eine eindringliche und berührende Geschichte über den Sog von Trauer und Hoffnung – darüber, wie eine Familie durch das Verschwinden der Tochter jegliche Gewissheit verliert. Maike Wetzels Roman besticht durch seine fesselnde Atmosphäre und sprachliche Brillanz. So entsteht das facettenreiche Bild einer Familie, deren Sehnsucht nach dem Verlorenen die Wirklichkeit verdrängt.

»Das Romandebüt der preisgekrönten Erzählerin und Filmemacherin besticht durch seine fesselnde Atmosphäre und sprachliche Brillanz.«
Buchreport

»Tatsächlich hat Maike Wetzels erzählerischer Gestus etwas von angehaltenem Atem.«
Hans von Trotha, Deutschlandfunk Kultur

»Maike Wetzel erzählt eine fantastische, zugleich verstörende Geschichte, konzentriert und doch schwebend, behutsam, beobachtend, zärtlich.«
Thorsten Paprotny, literaturkritik.de

»Wie Maike Wetzel diese Urängste und deren Folgen vermittelt, fesselt und wühlt auf. Ihre lakonische, unaufgeregte Schreibweise steht im völligen Kontrast zum Innenleben ihrer Protagonistinnen und Protagonisten.«
Michael Au, SWR 2 Lesenswert

»Die düster schillernde Geschichte besticht durch genaue Beobachtung. Eine faszinierende Komposition um die Frage, wessen Geschichte erzählt wird und wem Geschichten überhaupt gehören.«
Bettina Hesse, WDR 5 Bücher

Entfernte Geliebte

Erzählungen
240 Seiten. Gebunden. Lesebändchen
ISBN: 978-3-89561-287-9

Ein Mann sagt zu einer Frau: Ich liebe dich, und damit fängt die Suche erst an. Ein Mädchen hungert sich vor den Augen seiner Familie zum Skelett. Ein Autounfall und drei Geliebte lassen eine junge Frau an der Wirklichkeit zweifeln. Ein kleines Kind stellt das Leben eines Paares auf den Kopf.

Liebe – Freundschaft – Hass. So einfach wie in dem alten Abzählreim ist es für die Entfernten Geliebten in Maike Wetzels Geschichten nicht. Ihre Seelen vibrieren in Glasfaserkabeln und am Trog von Bio-Schweinen. Sie sammeln Treuepunkte, hausen nördlich von Hollywood, auf dem Land, in der Großstadt oder in verwunschenen Hotelruinen. Sie träumen, lieben und verlieren sich – in schlaflosen Nächten, beim Kinderkriegen, an fremden Fenstern oder zwischen Gras und Rüben. Manche von ihnen werden gerade erwachsen, andere sind es bereits. Immer tasten sie sich an die Grenze zwischen Wunsch und Wirklichkeit heran. Der neue Erzählband von Maike Wetzel versammelt kraftvolle Geschichten für Schlaflose, Liebhaber und vibrierende Seelen.

»Dieses Buch wirft einen um. Jede Seite ist ein Genuss.«
Barbara Ghaffari, Book Reviews

»Maike Wetzel kriecht ihren Protagonisten unter die Haut, legt ihre inneren Widersprüche offen, erzählt sie aus, ohne sie aufzulösen. Ein Kunststück.«
Schmiertiger

»Wie Situationen vom Alltäglichen ins Bedrohliche wechseln, erinnert an Kafka.«
Tino Dallmann, MDR Kultur

»Beeindruckende literarische Erzählungen.«
Heiko Buhr, lebensart

»Maike Wetzel formuliert diskret, aber pointiert.«
Am Erker – Zeitschrift für Literatur